Copenhagen Trilogy 2
Ungdom
Tove Ditlevsen

코펜하겐 삼부작 2

청춘

토베 디틀레우센 지음
서제인 옮김

암실문고
코펜하겐 3부작 제2권
청춘

발행일
2022년 8월 20일 초판 1쇄

지은이 | 토베 디틀레우센
옮긴이 | 서제인
펴낸이 | 정무영
펴낸곳 | (주)을유문화사

창립일 | 1945년 12월 1일
주소 | 서울시 마포구 서교동 469 — 48
전화 | 02 — 733 — 8153
팩스 | 02 — 732 — 9154
홈페이지 | www.eulyoo.co.kr

ISBN 978 — 89 — 324 — 6132 — 8 04850
        978 — 89 — 324 — 6130 — 4 (세트)

목차

일러두기

1. 본 작품의 번역 판본은
   Tiina Nunnally가 영역한
   『Youth』(Farrar, Straus and
   Giroux, 2021)이며, 원어인
   덴마크어판 및 스페인어판을
   참고했다.

2. 본문의 각주는 모두 옮긴이와
   편집자 주다.

옮긴이. 서제인

기자, 편집자, 작가 등 글을 다루는 다양한 일을 하다가 번역을 시작했다.
거대하고 유기체적인 악기를 조율하는 일을 닮은 번역 작업에 매력을 느낀다.
옮긴 책으로 『잃어버린 단어들의 사전』, 『노마드랜드』, 『아파트먼트』가 있다.

1

첫 직장에서는 딱 하루만 일했다. 그날 나는 넉넉하게
도착하기 위해 7시 30분에 집을 나섰다. 어머니가 말
했듯이 "처음에는 특히 열심히 노력해야 하니까." 하지
만 정작 어머니 자신은 젊은 시절에 일했던 모든 곳을
통틀어 단 한 번도 그 '처음'을 버텼던 적이 없었다. 그
날 나는 로살리아 이모가 만들어 준, 내 견진 성사 다
음날 입었던 원피스를 입었다. 그 옷은 연한 푸른색 모
직으로 만들어졌고, 평소처럼 내 가슴이 절벽으로 보
이지 않도록 앞쪽에 잔주름이 잡혀 있었다. 여리지만
선명한 햇빛 속에서 베스테르브로가데를 내려가다 보

니 모든 사람이 자유롭고 행복해 보인다는 생각이 들었다. 곧 나를 삼켜 버릴 필레 알레 근처의 정문을 통과할 때 그들의 발걸음은 무용수들처럼 가벼워졌고, 행복은 내가 향하는 곳이 아니라 발뵈 바케의 건너편 어딘가에 깃들어 있었다. 어두운 복도에서는 두려움의 냄새가 났고, 나는 마치 내가 그 냄새를 가져오기라도 한 것처럼, 올페르트센 부인이 그것을 알아차릴까 봐 걱정이 됐다. 부인의 떨리는 목소리를 들으며 서 있는 동안 내 몸과 몸짓들은 뻣뻣하고 어색해졌다. 부인의 목소리는 많은 것들을 설명했고, 그 사이사이에는 빈 물레가 계속 돌아가듯 내용 없는 잡담이 끊임없이 이어졌다. 날씨에 대해, 자기 아들에 대해, 또래에 비해 내 키가 얼마나 큰지에 대해. 부인은 앞치마를 가져왔느냐고 물었고, 나는 빈 책가방에서 우리 어머니의 앞치마를 꺼냈다. 어머니가 하는 일에는 늘 이런저런 문제가 있는 법이라 여기에도 솔기 근처에 구멍이 하나 나 있었는데, 그걸 보자 갑자기 마음이 흔들렸다. 어머니는 멀리 있었고, 나는 여덟 시간 동안 어머니를 보지 못할 것이었다. 나는 낯선 사람들 사이에 있었다. 나는 그들이 매일 일정한 보수를 주고 일정한 시간 동안 신체적 노동력을 구매한 사람이었다. 그들은 나의 나머지 부분에는 관심이 없었다. 우리가 주방으로 나가자 그 집 꼬마인 토니가 파자마 차림으로 달려왔다. "안녕히 주무셨어요, 엄마." 그 애는 귀엽게 말하면서 자기 어머니의 다리에 몸을 기대더니 내게 적대적인 시선을 던졌다. 여자는 아이에게서 부드럽게 몸을 떼 내며 말했다. "여기는 토베야. 예쁜 누나한테 인사하렴." 아이는 마지못해 손을 내밀었고, 내가 그 손을 잡자 위협하듯 말했다. "내가 시키는 대로 뭐든지 다 해야지, 안 그러면 쏴 버릴 거예요." 토니의 어머니가 큰 소리로 웃더니 찻잔들과 찻주전자가 놓인 쟁반을 내게 보여 주고는 차를 준비해서 거실로 가지고 들어와 달라고 했다. 그러고는 아이의 손을 잡고 하이힐을 또각거리며 거실로 들어갔다. 나는 물을 끓여 바닥에 찻잎이 깔린 찻주전자에 부었다. 전에 차를 마셔 본 적도, 만들어 본 적도 없었기 때문에 그게 맞는 건지 확신할 수가 없었다. 부자들은 차를 마시고 가난한 사람들은 커피를 마시는 모양이라고 나는 혼자서 생각했다. 팔꿈치로 문 손잡이를 누르고 거실로 들어간 나는 경악하며 그 자리에 멈춰 섰다. 올페르트센 부인이 윌리엄 아저씨의 무릎에 앉아 있고, 토니는 바닥에 누워 기차를 가지고 놀고 있었다. 부인은 펄쩍 뛰어 일어나더니 마룻바닥을 이리저리 걸어 다니기 시작했고, 그 바람에 부인의 넓은 양 소매에 자꾸 조각난 햇빛은 눈부신 작은 섬광들로 변해 갔다. "제

발 노크는 좀 해 주길 바라요." 부인이 쉿 소리를 내며 못마땅한 목소리를 냈다. "이 집에서 방에 들어오기 전에는 말이에요. 평소에 어떤 법도를 따르고 살았는지는 모르지만, 여기서 우린 그렇게 하니까 당신도 익숙해지는 게 좋을 거예요. 이제 다시 나가요!" 부인은 문을 가리켰고, 혼란에 빠진 나는 쟁반을 내려놓고 밖으로 나갔다. 부인은 내게 의례적인 말투로 어른처럼 이야기했는데, 그게 어째선지 내 기분을 상하게 했다. 그건 전에는 겪어 본 적 없는 일이었다. 내가 복도로 나가자 부인이 소리쳤다. "이제 노크를 해요!" 나는 노크를 했다. "들어와요!" 나는 그렇게 했고, 이번에는 부인과 말 없는 윌리엄 아저씨가 각자 자기 의자에 앉아 있었다. 나는 굴욕감에 얼굴이 새빨개졌고, 그들 중 누구도 견디지 못하겠다고 재빨리 결론을 내렸다. 그러자 기분이 조금 나아졌다. 차를 다 마시고 나자 그들은 둘 다 침실로 들어가서 옷을 입었다. 그런 다음 윌리엄 아저씨는 아이 어머니와 아이에게 손을 내밀어 인사하고는 떠났다. 보아하니 나는 작별 인사를 할 상대가 아닌 모양이었다. 부인은 하루 종일 시간대별로 내가 여기서 해야 할 일들을 타자로 쳐서 만든 기다란 목록을 내게 주었다. 그런 다음 다시 침실로 사라지더니 냉정하고 날카로운 표정을 얼굴에 얹은 채 돌아왔다. 나는 부인이 짙게 화장을 했고, 마치 죽은 사람처럼 부자연스러운 선명함을 발산하고 있다는 걸 알아차렸다. 아까가 더 예뻤다는 생각이 들었다. 부인은 여전히 놀이에 빠져 있는 아이에게 무릎을 꿇고 뽀뽀를 하고는 일어서서 내게 가볍게 고갯짓을 했고, 그대로 나가 버렸다. 그러자 아이가 곧바로 자리에서 일어나더니, 내 원피스를 붙잡고 귀여운 얼굴로 나를 빤히 올려다보았다. "토니는 멸치 먹고 싶어요." 아이가 말했다. 멸치? 나는 놀라서 말이 나오지 않았다. 아이들의 식습관에 대해 내가 아는 게 하나도 없다는 생각이 들었다. "그건 안 돼. 여기 보면⋯⋯." 나는 일정표를 자세히 살펴보았다. "10시, 토니에게 호밀죽. 11시, 반숙한 달걀과 비타민 알약 하나. 1시⋯⋯." 아이는 나머지는 들으려 하지 않았다. "하네는 항상 멸치 줬는데." 아이는 조바심을 냈다. "그러고는 다른 건 전부 자기가 먹었어요. 누나도 그래도 돼요." 보아하니 하네는 내 전임자인 것 같았다. 그리고 거기에 더해, 나는 오직 멸치만 먹겠다는 아이에게 많은 것들을 억지로 시킬 준비가 되어 있지 않았다. "알았어, 알았다고." 내 기분은 어른들이 사라지면서 나아져 있었다. "멸치가 어디 있는데?" 토니는 주방 의자 위로 기어 올라가더니 통조림 몇 개를 끄집어 내렸고, 서랍 속에서 깡통 따개를 찾아냈다. "따 주세요." 아이는 깡통 따개를 내게 건네며 갈망하는 목소리로 말했다. 나는 통조림을 따고 아이가 요구하는 대로 그 애를 주방 조리대 위에 올려 주었다. 그런 다음 멸치가 하나씩 아이의 입 속으로 사라지게 놔두었다. 더 이상 남은 게 없어지자 토니는 마당에 내려가서 놀겠다고 했다. 나는 아이가 옷을 입게 도와준 다음 주방에 난 계단으로 내려 보냈다. 아이가 노는 건 창문을 통해 지켜볼 수 있었다. 이제는 집을 청소해야 했다. 한 항목에 이렇게 적혀 있었다. '카펫 청소기로 러그들을 청소할 것.' 나는 커다랗고 육중한 그 괴물을 붙들고는 거실의 커다란 붉은색 카펫 위로 끌고 갔다. 시험 삼아 몇 개의 실밥 위로 밀어 보았지만 실밥은 사라지지가 않았다. 그래서 청소기를 약간 흔들어 보고 장치들도 조절해 봤는데, 그 와중에 뚜껑이 열리면서 먼지 덩어리가 통째로 튀어나와 카펫 위로 떨어져 버렸다. 청소기를 다시 조립할 수도 없었고, 이 먼지를 어떻게 처리해야 할지도 몰랐던 나는 결국 먼지 덩어리를 발로 러그 밑에 밀어 넣은 다음 덩어리가 판판해지도록 발로 살짝 밟았다. 이렇게 격심한 활동들을 하는 동안 시간은 10시가 되었고, 배가 고파진 나는 토니의 식사 중 첫 끼를 먹어치운 다음 비타민제 두어 개로 활력을 보충했다. 이제 다음 항목 차례였다. '모든 가구를 물에 적신 솔로 닦을 것.' 나는 놀라서 메모를, 그 다음에는 주위의 가구들을 빤히 쳐다보았다. 좀 이상하긴 했지만 이게 여기서 해야 할 일이었다. 단단하고 괜찮아 보이는 솔 하나와 찬물을 부은 대야를 가지고 거실로 돌아와 작업을 시작했다. 꾸준히, 부지런하게 문질러 닦으면서 그랜드피아노의 절반쯤까지 다다랐을 때, 나는 갑자기 무언가가 엄청나게 잘못됐다는 사실을 알아차렸다. 그토록 곱게 반짝이는 표면에 솔에 긁힌 가느다란 자국 수백 개가 생겨 있었다. 여자가 집에 돌아오기 전에 어떻게 그것들을 없애야 할지 알 수가 없었다. 차가운 뱀들이 피부 위를 기어 다니는 것처럼 온몸이 오싹해졌다. 나는 메모를 들고 다시 읽어 보았다. '**모든** 가구를 물에 적신 솔로 닦을 것.' 내가 어떤 식으로 이해했든 그 명령은 충분히 명확했고, 그랜드피아노가 제외되어 있지도 않았다. 아니면 피아노가 가구가 아닐 수도 있을까? 1시였고, 여자는 5시에 집에 돌아올 예정이었다. 갑자기 어머니가 너무 많이 보고 싶어진 나는 더 낭비할 시간이 없다고 생각했다. 서둘러 앞치마를 벗고, 창가에서 토니를 불러 우리가 장난감 가게 구경을 하러 갈 거라고 알렸다. 토니는 계단을 올라와 옷을 입었고, 나는 그 애의 손을 잡고 아이가 거의 따라올 수 없을 만큼 빠르게 베스테르브로가데를 달렸다. "우리 어머니가 있는 집으로 가는 거야."

나는 숨을 헐떡이며 말을 이었다. "멸치 먹으러." 어머니는 그날 그 시각에 나를 보게 돼서 몹시 놀라긴 했지만, 우리가 안으로 들어간 다음 내가 그랜드피아노의 긁힌 자국 이야기를 하자 갑자기 웃음을 터뜨렸다. "아 맙소사." 어머니가 숨을 헐떡였다. "진짜로 피아노를 물로 닦았단 말이야? 아니, 어떻게 그렇게 멍청할 수가 있지!" 갑자기 어머니의 표정이 진지해졌다. "들어 봐." 어머니가 말했다. "거기 돌아가 봤자 아무 소용 없을 것 같다. 분명 너한테 다른 일자리를 구해 줄 수 있을 거야." 나는 고마운 마음이 들었지만 딱히 놀랍지는 않았다. 어머니는 늘 그랬고, 만약 어머니에게 결정권이 있었다면 에드빈도 견습 생활을 하던 일터를 바꿀 수 있었을 것이다. "알겠어요." 내가 말했다. "근데 아버지한테는 뭐라고 하죠?" "아." 어머니가 말했다. "그냥 윌리엄 아저씨 얘기를 하자. 아버지는 그런 종류의 일은 못 참거든." 옛날처럼 걱정 없는 분위기가 우리 두 사람 모두를 사로잡았고, 토니가 멸치를 달라고 소리치자 우리는 이스테드가데로 토니를 데려가 멸치 통조림 두 개를 사 주었다. 4시 정각이 조금 안 되었을 때 어머니와 토니는 올페르트센 부인의 집으로 돌아갔고, 어머니는 거기서 앞치마와 내 책가방을 가지고 돌아왔다. 망가진 그랜드피아노를 두고 무슨 이야기가 오갔는지에 대해서는 끝까지 알 수 없었다.

2

나는 베스테르브로가데의 자유 기념비 근처에 있는 하
숙집에서 일하고 있다. 어머니에게 있어서 나를 이 도
시의 다른 구역으로 보낸다는 건 아예 미국으로 보내
는 것만큼이나 상상할 수 없는 일인 듯하다. 나는 그을
음과 기름으로 범벅이 된, 평온함도 휴식도 없는 부엌
에서 매일 아침 8시에 일을 시작해 12시간 동안 일한
다. 저녁에 집에 오면 너무 피곤해서 자는 것 말고는 아
무것도 하지 못한다. "이번에는 좀 진득하게 일을 해야
한다." 아버지는 이렇게 조언한다. 어머니 역시 내게 할
일이 있는 쪽이 낫다고 생각한다. 게다가 윌리엄 아저

씨를 이용하는 묘수를 다시 써먹을 수도 없고 말이다. 하지만 나는 오직 이 따분한 생활에서 어떻게 벗어날 수 있을까 하는 생각뿐이다. 내 일상의 어떤 것도 시를 쓸 영감을 주지 못하기 때문에 나는 더 이상 시를 쓰지 않는다. 도서관에도 가지 않는다. 나는 수요일마다 오후 2시 이후에는 쉬지만, 그때도 곧바로 집에 와서 잔다. 하숙집은 페테르센 부인과 페테르센 양의 소유다. 그들은 모녀 관계지만 내 눈에는 비슷한 나이처럼 보인다. 나 말고도 위르사라는 이름을 가진 열여섯 살 소녀가 있다. 위르사는 나보다 지위가 한참 높아서, 검은 원피스와 하얀 앞치마와 하얀 모자 차림을 하고서는 하숙인들이 식사를 할 때마다 커다랗고 무거운 접시들을 들고 이리저리 분주히 돌아다닌다. 그렇게 식사를 나르면서 손님들의 시중도 든다. 안주인들은 나 역시 2년 뒤에는 위르사처럼 서빙을 하면서 한 달에 40크로네를 받을 수 있을 거라고 약속한다. 지금 내 급료는 30크로네다. 내가 하는 일은 난로에 항상 불이 피워져 있는지 확인하고, 하숙인 세 명의 방과 욕실과 부엌을 청소하는 것이다. 나는 모든 일을 허겁지겁 처리하지만, 이 일도 저 일도 항상 늦어진다. 페테르센 양은 이렇게 잔소리를 한다. "어머니가 걸레 짜는 법도 안 가르쳐 주셨니? 전에 욕실 청소도 한 번 안 해 봤어? 왜 얼굴을 찡그리는 거야? 너를 위해서 하는 말인데, 앞으로 네가 이것보다 어려운 상황을 마주할 일이 절대 없길 바라!" 위르사는 덩치가 작고 여위었다. 얼굴은 길고 창백하고 코는 들려 있다. 저녁 식사 전에 안주인들이 낮잠을 잘 때면 우리는 부엌 조리대에 모여 커피를 한잔씩 마시는데, 그때 위르사가 이렇게 말한다. "너는 항상 새카만 손톱만 어떻게 좀 하면 서빙하는 거 허락받을 거야. 페테르센 부인이 그렇게 말하는 걸 들었어." 아니면 이런 말. "네가 가끔 머리만 좀 감으면 분명 손님들 앞에 나설 수 있을 거야." 위르사에게는 하숙집 바깥의 세상이 주는 의미도, 식사 시간마다 식탁 주위를 바쁘게 돌아다니는 것보다 더 높은 목표도 없다. 나는 그 애에게도, 안주인들의 말에도 대답하지 않는다. 그 말들이 새 총으로 쏜 총알 같기는 해도 절대 과녁을 제대로 맞히지는 못하기 때문이다. 위르사와 내가 설거지를 할 때면 안주인들은 우리 뒤쪽 화로 위에 올려놓은 커다란 냄비들에다 음식을 만드는데, 그때 그들은 어떤 의사도 치료하지 못해서 이 의사 저 의사를 찾아다니게 만드는 자신들의 지병에 대해 이야기한다. 그들은 담석과 동맥경화증과 고혈압이 있고, 온몸 구석구석이 아프고, 원인을 알 수 없이 속이 쓰리고, 식사를 하고 나면 어김없이 위장에서 기분 나쁜 경고 신호가 온다고 한다. 그들은 일요일마다 그뢰닝엔에 있는 장애인의 집을 지나 걸어간다. 몸이 더 불편한 사람들을 보면서 자기 기분을 나아지게 만들려는 것이다. 그들은 대체로 모든 것을, 모든 사람을 깔아뭉개면서 저열한 기쁨을 느낀다. 특히 하숙인 각자에게 각별한 적대감을 품고 있는 그들은 하숙인들의 사생활에 대해서도 속속들이 알고 있어서, 위르사가 나를 접시에 음식을 담아 내줄 때면 그 은밀한 가십들을 입에 올리면서 이 사람들 너무 많이 먹는 거 아니냐고 불평한다. 가끔씩 나는 그들의 저속하고 비열한 생각들이 피부에 스며들어서 숨을 쉴 수가 없다고 느낀다. 하지만 대부분의 시간 동안 이 생활은 그저 참을 수 없을 만큼 지루할 뿐이고, 나는 변화가 풍부하고 다사다난했던 내 어린 시절을 슬픈 마음으로 떠올린다. 내 하루 가운데에는 짤막한 틈새 시간이 있다. 자다 깨서 어머니와 이야기를 약간 나눌 만큼은 정신이 드는 그 시간이 오면, 나는 이웃들과 우리 가족에게 무슨 일이 있는지 묻고는 참신한 뉴스 한 조각 한 조각을 탐욕스럽게 받아 삼킨다. 게르다는 이제 카를스베르에서 일하고 있고, 게르다의 어머니는 아기를 돌보느라 집에 있다. 루트는 남자아이들과 어울리기 시작했다. "그럴 줄 알았지." 어머니가 말한다. "그래서 입양이라는 건 하면 안 된다니까." 에드빈은 실직을 했고 다시 우리 집에 들르기 시작했다. "하지만 너무 나쁘게 생각하진 마라." 어머니가 말한다. "걔가 이제 기침은 별로 안 하니까 말이야." 그래도 나는 그 이야기 때문에 약간 동요한다. 아버지는 숙련공들은 절대 일자리를 잃는 법이 없다고 항상 강조했기 때문이다. "맙소사." 어머니의 목소리가 커진다. "하마터면 깜빡하고 말을 안 할 뻔했네. 카를 이모부가 병원에 입원했다. 심하게 아프다는데, 그 사람이 어쩌고 살아왔는지 생각하면 이상한 일도 아니지. 로살리아 이모가 매일 거기 가 있기는 하는데, 그 사람이 그만 세상 하직해 주는 게 로살리아한테는 제일 좋은 일일 걸. 그리고 이르마 슈퍼마켓에서는 마가린 가격이 2외레나 뛰었지 뭐냐. 너무 비싸지 않니?" "그럼 49외레겠네요." 나는 쉽게 대답한다. 늘 어머니와 함께, 아니면 나 혼자서 장을 보러 다녔던 나는 물건 가격을 다 꿰고 있다. "아버지가 외르스테드 공장에 계속 붙어 있을 수만 있으면 좋겠구나." 어머니가 말한다. "이제 거기서 일한 지 3개월 됐거든. 밤에 일하는 건 재미가 없지만 말이야." 재잘거리는 어머니의 목소리는 점점 어두워지는 빛 속에서 살며시 내 주위를 맴돌고, 이내 나는 두 팔을 식탁에 올린 채 잠이 든다.

어느 날 저녁, 나는 언제나처럼 그런 자세로 자다가 찻잔들이 부딪히는 소리와 커피 향기에 깨어난다.

잠에 취한 채 고개를 드는데, 신문에 실린 이름 하나가 내 눈을 잡아끈다. '편집자 브로크만'. 나는 잠이 확 깨서 신문을 노려보다가 그 문구가 부고라는 걸 천천히 깨닫는다. 채찍으로 얻어맞는 기분이다. 그 2년이 지나기 전에 그가 죽을 수 있다는 생각은 한 번도 해 보지 못했다. 마치 그가 나를 버리고, 미래를 위한 희망이라고는 손톱만큼도 없는 이 세상에 나를 남겨 놓고 떠나 버린 것 같다. 어머니가 커피를 따르고 커피포트를 그의 이름 위에 내려놓는다. "마셔라." 어머니는 식탁 맞은편에 앉더니 이야기를 시작한다. "귀염둥이 루드비가 시설에 들어갔단다. 걔네 어머니가 죽었잖니, 알지. 그러고 나서 그냥 사람들이 오더니 걔를 데려갔어." "그렇군요." 나는 그렇게 대답하며 다시금 우리가 서로에게서 무한히 멀리 있다고 느낀다. 어머니는 말을 이어 간다. "너한테 자전거가 생기게 되면 좋을 거야. 두 달밖에 안 남았네." "네." 나는 부모님에게 10크로네를 내고, 10크로네는 노후를 위해 은행에 저금하고, 남은 10크로네를 가진다. 그러나 그 순간 나는 자전거에 대해, 아니 어떤 것에 대해서도 아무런 관심도 가질 수가 없다. 나는 커피를 마시고, 어머니는 묻는다. "너 너무 조용한데, 무슨 일 있는 거 아니지?" 어머니의 말투는 날카롭다. 어머니는 내가 마음속으로 어머니를 온전히 신뢰

할 때만, 내 마음속에 혼자만의 비밀로 하고 있는 부분이 전혀 없을 때만 나를 좋아하기 때문이다. "계속 그렇게 별나게 굴면," 어머니는 말한다. "너 절대 결혼 못 한다." "어차피 하고 싶은 마음도 없는 걸요." 멍하니 앉은 나는 사실 그 절망적인 대안을 떠올리고 있지만, 대답은 다르게 한다. 나는 어린 시절에 내가 두려워했던 것을 하나 떠올린다. **착실한 숙련공**. 나는 숙련공에 대해서는 아무런 거부감도 없지만, 미래의 모든 밝은 꿈을 가로막는 건 '착실한'이라는 단어다. 그 단어는 비 내리는 하늘처럼 온통 회색으로 물들어 있어서 스며 나오는 밝은 햇빛을 느낄 만한 부분은 어디에도 없다. "그럼," 어머니가 자리에서 일어난다. "그만 가서 자야겠다. 알겠지만 우리 일찍 일어나야 돼. 잘 자렴." 어머니는 문가에 서서 인사를 건넨다. 의혹과 상심으로 물든 모습. 어머니가 사라지자 나는 커피포트를 치우고 부고를 다시 읽는다. 그의 이름 위에 검은색 십자가 표시가 되어 있다. 그의 다정한 얼굴이 눈앞에 떠오르고, 목소리가 들린다. "2년 있다가 다시 와요, 학생." 단어들 위로 눈물이 떨어지고, 나는 오늘이 내 인생에서 가장 힘든 날일 거라고 생각한다.

3

나는 망연자실한 상태에 빠졌고, 그 상태는 오랫동안 이어지며 모든 의욕을 빼앗아 갔다. "너는 걸어 다니면서 자는구나." 안주인들은 그렇게 말했지만, 그들의 잔소리는 그 어느 때보다도 내게 영향을 주지 못했다. 어머니와 이야기하고 싶다는 욕구도 사라졌고, 어느 날 저녁 에드빈이 와서 토르발이 나를 초대한다고 했을 때도 거절했다. 한때 내 시들을 좋아했던 그 청년과도 춤추러 나가고 싶은 마음이 들지 않았다. 어쩌면 그의 아버지는 또 다른 편집자를 알 수도 있었지만, 그 편집자역시 내가 진짜 시, 그러니까 어른의 시를 쓸 만큼 나이가 들기 전에 죽어 버릴 것이었다. 의기소침해진 나는 더 이상의 실망에 나 자신을 노출시킬 엄두가 나지 않았다. 여름이 와 있었다. 저녁이 되어 집에 돌아올 때면 실크 손수건 같은 상쾌한 바람이 화로의 열기로 붉어진 내 두 뺨을 식혀 주었고, 가벼운 원피스 차림의 젊은 여자들은 연인들과 손을 잡고 걸어 다녔다. 나는 몹시 외로웠다. 쓰레기통 구역에 있던 여자애들 가운데 이제 내가 알고 지내는 아이는 루트뿐이었다. 내가 마당을 지나갈 때면 그 애는 언제나 '안녕' 하고 소리쳤다. 나는 수많은 삶과 기억으로 흘러넘치는 단지 앞채의 벽면을 올려다보았다. 그 너머에서 많은 이들이 먹고 자고 말다툼하고 싸웠던, 내 어린 시절의 통곡의 벽. 나는 파란 물방울무늬에 퍼프소매가 달린 빨간 원피스─내가 가진 유일한 여름 원피스─차림으로 계단을 올라갔다. 가끔씩 거실에서 담배를 피우며 앉아 있던 이위테는 우리 어머니에게 담배를 건네기도 했다. 어머니는 어색하고 서투르게 담배를 피웠고 항상 두 눈에 연기가 들어갔다. 이제 이위테는 담배 공장에서 일하고 있었다. 아버지는 이위테가 담배를 훔치는 거라고 했지만 어머니는 신경 쓰지 않았다. 젊은 혈기로 가득한 어머니는 언제나 자기보다 한참 어린 여자를 친구로 두어야 했다. 하지만 어머니의 검은 머리칼 속에서 흰머리

가닥들이 눈에 띄기 시작했고, 이제 허리 주변에도 군
살이 붙어 있었다. 그게 어머니가 뤼르스코우가데에 있
는 대중목욕탕의 한증막에 자주 가는 이유였다. 목욕탕
에서 돌아온 어머니는 기쁨에 찬 목소리로 다른 여자
들이 다들 얼마나 지독하게 뚱뚱한지 이야기해 주었다.

　　어느 날 저녁 하숙집 부엌에 달린 초인종이 울렸
고, 내가 문을 열자 바깥에는 루트가 서 있었다. "안녕."
루트는 미소를 짓고 있었다. "지금 집에 갈 거야? 너한
테 하고 싶은 얘기가 있어서." "그래." 내가 말했다. "밖
에서 잠깐만 기다려." 나는 마지막으로 남은 개숫물
을 쏟아 버리고 앞치마를 벗은 다음, 마치 루트가 누구
의 눈에도 띄면 안 되는 비밀 연락책이라도 되는 것처
럼 몰래 빠져나갔다. 루트는 나와 뭘 하고 싶어 하는 걸
까? 누군가가 내게 무언가를 원했던 것도 오래 전 일이
었다. 루트는 소매가 짧은 모슬린 원피스를 입고 허리
에는 폭이 넓은 검은색 에나멜가죽 벨트를 두르고 있
었다. 립스틱을 발랐고 눈썹은 우리 어머니처럼 뽑아
서 정리했다. 체격은 여전히 가냘팠지만 전체적인 외모
는 내가 보기엔 몹시 어른스러워 보였다. 거리로 나올
때까지 우리는 아무 말도 하지 않았지만, 거리에 도착
하자 루트는 애초에 우리 사이가 멀어졌던 적조차 없
었다는 듯 수다를 떨기 시작했다. 루트는 미나가 학교

를 졸업하고 외스테르브로에 입주 일자리를 구했다고 말해 주었다. "외스테르브로에?" 어안이 벙벙해진 내가 되물었다. "응. 근데 걘 항상 어딘가 나사가 빠져 있는 것 같아." 루트가 말했다. 그 말을 들은 나는 생각만큼은 기쁘지 않았다. 그저 루트는 누구도 아쉬워하지 않는다는 생각이 들었을 뿐이다. 아마도 1년 전 나를 실패한 사람으로 여긴 것처럼, 루트는 미나 역시 그저 어깨를 으쓱하면서 실패자로 치부해 버린 것이었다. 그 애의 마음에는 깊이 뿌리내리거나 오래 지속되는 감정이 들어갈 자리가 없었다. 내가 보통 길모퉁이를 도는 순데베스가데에 도착하자 우리는 멈춰 섰다. "그런데 있지." 루트가 말했다. "내가 너한테 하고 싶었던 얘기는 아직 꺼내지도 않았거든." 나는 찜찜한 마음으로 그애와 이야기를 계속했다. 지금부터 우리 어머니는 나를 기다리는 헛수고를 시작할 테고, 시간이 너무 많이 지나면 하숙집으로 건너가 나를 찾을 것이기 때문이었다. 그런 다음 내가 이미 퇴근했다는 걸 알게 되면, 어머니는 틀림없이 어떤 사고가 일어났다고 생각할 게 분명했다. 하지만 루트는 나 혼자서는 생각조차 할 수 없는 일들을 실행하게 만드는 그 오래된 마법과 권능의 일부를 희미하게 발산하고 있었다. 루트는 자기에게 애인이 있는데, 아이빈이라는 열여섯 살 소년이고 아메리카

바이에 산다고 했다. 그는 견습 기계공이며 언젠가 그
와 루트는 결혼할 것이었다. 그는 루트의 처녀성을 가
져갔는데 그 경험은 겁나게 좋았다고 했다. 또 루트는
가멜 콩에바이에 사는, 돈이 대단히 많은 어느 희귀 도
서 판매상을 알게 되었다. 루트가 내게 같이 만나러 가
줬으면 하는 사람이 그 사람이었다. 루트는 혼자서 그
를 찾아갔었는데, 그가 자신을 유혹하려 했고, 그런 일
은 아이빈에게 못할 짓 같다는 거였다. 그 돈 많은 남자
는 크로그 씨라고 했고, 홀게르 비에레라는 사람이 그
의 가장 친한 친구였다. 크로그 씨는 그 친구를 설득해
서 루트를 코러스 걸로 만들어 줄 예정이었다. "그리고
너도." 루트가 말했다. "그 사람이 나한테 그렇게 약속
했어." "나를?" 희미한 희망의 빛이 내 영혼을 번개같이
뚫고 지나간다. 코러스 걸은 매일 저녁 무대에 올라 춤
을 추고, 낮에는 뭐든 원하는 일을 할 수 있다. 물론 집
에서는 허락받지 못할 걸 알지만, 루트와 함께 있으면
이렇게 세상 어딘가가 비현실적으로 바뀐다. "그리고
있잖아." 루트의 목소리는 들떠 있다. "그 사람은 나이
가 엄청 많고 건강도 안 좋아. 거기 갔을 때 난 그 사람
이 심장 마비로 죽겠구나 싶었어. 기침을 하고 헉헉거
리고 숨도 제대로 못 쉬고, 그런 게 너무 심해서. 그 사
람은 혼자 사는데, 우리가 정말로 잘 대해 주면 어쩌면

자기 전 재산을 우리한테 유언으로 남길지도 몰라. 그 러면 아이빈은 자기만의 작업장을 가질 수 있어." 루트 는 강렬하고 투명한 두 눈으로 기쁜 듯 나를 올려다보 고, 그 말도 안 되는 계획에 나는 기분이 좋아진다. 나 는 루트가 내게 원하는 게 뭔지 몹시 잘 알기에 이렇게 대답한다. "난 그 일은 안 할 거지만, 그 사람을 한번 만 나 보고는 싶네." 루트는 웃으며 한 손을 입 앞쪽에 가 져다 대더니 엄지손가락으로 코를 닦는다. 루트는 말 한다. 그 남자가 정말 흉하게 생기긴 했지만, 그보다 돈 생각을, 그리고 코러스 걸이 될 우리의 미래 생각을 해 야 한다고. 크로그 씨는 전혀 백만장자의 집처럼은 보 이지 않는 건물 꼭대기 층에 산다. 우리가 초인종을 누 르자 문 반대편에서 격렬한 기침 소리가 들려온다. "맙 소사, 거봐, 살날이 얼마 남지 않았다는 거 알겠지." 루 트가 속삭인다. 침입 방지 체인과 열쇠들이 짤그랑거리 는 소리가 한참 동안 이어진 끝에 문이 조금 열리고 크 로그 씨의 얼굴이 나타난다. 그는 잠깐 동안 우리를 의 심스럽게 쳐다보더니 체인을 풀고 들어가게 해 준다. "아." 나는 탄성을 지른다. "책 진짜 많다!" 거실의 네 벽은 수많은 책과 내가 박물관에서나 보아 왔던 큼직 한 그림들로 도배돼 있다시피 하다. 우리가 자리에 앉 은 다음에야 크로그 씨는 입을 연다. 그는 나를 골똘히 바라보더니 다정하게 묻는다. "책을 좋아하나요?" "네." 나는 대답하고 그를 조금 더 자세히 들여다본다. 그는 루트가 말했던 것만큼 나이가 많지는 않지만, 젊은 편도 아니다. 머리는 완전히 대머리에, 두 뺨은 밖에서 신선한 공기를 잔뜩 쐬고 온 것처럼 통통하고 빨갛다. 두 눈동자는 갈색인데 우리 아버지 눈처럼 조금 우울해 보인다. 나는 그가 무척 마음에 들고, 그 역시 나를 마음에 들어 한다는 걸 느낀다. 그는 우리에게 커피를 만들어 주고, 루트는 그에게 홀게르 비에레와 얘기해 봤냐고 묻는다. "아뇨…… 그 친구가 지금 당장은 휴가를 간 것 같아요." 루트를 바라볼 때 그의 시선은 그 애의 몸 위아래를 탐색하듯 미끄러진다. 다행히도 그는 내 몸에는 관심이 없어 보인다. 그는 우리에게 케이크를 내주고는 요즘의 좋은 날씨에 대해, 자갈길 위의 꽃들처럼 쑥쑥 솟아나는 이 도시의 젊은 여자들에 대해 이야기한다. "그건, 기분이 상쾌해지는 광경이에요." 지루해진 루트는 테이블 밑에서 내 다리를 발로 찬다. 내가 묻는다. "저도 코러스 걸이 될 수 있다고 생각하세요, 크로그 씨?" "당신이!" 그는 깜짝 놀란다. "아뇨, 당신은 그 일에는 전혀 적합하지 않아요." "적합해요." 루트가 항의한다. "파마랑 화장이랑 그런 걸 좀 하면요. 얘는 옷을 안 입으면 예쁘거든요." 나는 얼굴이 붉어지고,

태어나서 처음으로 루트에게 짜증이 난다. 크로그 씨는 그 애에게서 내게로 시선을 옮긴다. "두 사람, 대체 어떻게 서로를 알게 된 거예요?" 나는 그의 책들을 좀 봐도 되는지 묻고, 내가 시 읽는 걸 더 좋아한다고 말하자 그는 시집들이 진열된 칸을 보여 준다. 나는 아무 책이나 한 권 뽑아들고 펼친다. 마음이 기쁨과 행복으로 채워진다. 나는 읽는다.

> — 주전자들은 와인으로 채워져 있네,
> 황혼의 베일을 쓴 땅.

속표지에는 '『악의 꽃』, 보들레르 지음'이라고 적혀 있고, 나는 크로그 씨에게 가서 프랑스어로 이 책의 제목이 어떻게 발음되는지 묻는다. 그는 내게 발음을 알려 준 다음, 돌려준다는 약속만 한다면 그 책을 빌려가도 된다고 말한다. 나는 그러겠다고 약속하고 다시 테이블 앞에 앉는다. 그러고는 그제야 크로그 씨가 잠옷 위에 걸치는 가운 차림이었음을 알아차린다. 그는 다시 발작적인 기침을 하면서 얼굴이 새빨개지고, 숨을 쌕쌕거리면서 루트에게 등을 좀 두드려 달라고 한다. 루트는 그의 등을 두드리면서 나를 보고 소리 없이 웃지만, 나는 마주 웃어 주지 않는다. 크로그 씨와 나는 말없이 서로를 이해한다. 그건 내가 이전에 그 누구와도 해 본 기억이 없는 경험이다. 나는 그가 우리 아버지나 삼촌이었으면 하고 열렬히 소망한다. 그걸 눈치 챈 루트가 짜증 난다는 듯 얼굴을 찡그린다. "난 집에 가야겠어." 루트의 목소리는 부루퉁하다. "아이빈을 만나기로 했거든." 우리가 막 떠나려던 참에 크로그 씨가 루트에게 키스하려 든다. 루트는 그 매력적인 얼굴을 돌려 피하고, 나는 크로그 씨가 안됐다는 생각이 든다. 나라면 그와 키스하는 데 아무런 거부감이 없을 것 같은데, 그는 내게는 그냥 손만 내밀더니 이렇게 말한다. "원하는 책이 있으면 뭐든 나한테서 빌려 가도 돼요. 돌려주기만 한다면. 저녁 때 이 즈음에는 항상 집에 있으니까." 집에 돌아오자 얼굴이 퉁퉁 붓고 눈이 빨개진 어머니가 식탁에 앉아 있다. 어머니는 내게 도대체 어디 있었느냐고, 그 책은 어디서 난 거냐고 묻는다. 나는 에드빈네 집에 다녀왔다고, 에드빈의 기침이 정말 많이 나았더라고 대답한다. 책은 하숙인 중 한 명에게서 빌렸다고 둘러댄다. 침대에 들어간 나는 크로그 씨가 내 편집자처럼 죽을지 모른다는 생각으로 겁에 질린다. 나는 언제 쓰러져도 이상하지 않은, 아프고 나이 많은 남자들로만 구성된 듯한 어떤 세계에 내가 가닿을 수 있기를 온 마음으로 바란다. 나라는 존재가 진지하게 받아들여질 만큼 충분히 나이를 먹기 전에, 그보다 먼저.

4

카를 이모부가 죽었다. "자는 도중에 편히 갔어." 로살리아 이모의 말이다. 숨을 거둘 때 이모부의 손은 이모의 두 손에 감싸여 있었다. 이제는 집에 돌아가서 볼 사람이 없어졌는데도, 이모는 언제나처럼 모자를 쓰고 한 팔에는 바느질감을 걸친 채로 의자 가장자리에 걸터앉아 있다. 이모의 두 눈은 울어서 통통 부어 있고, 어머니는 이모를 위로할 어떤 방법도 찾아내지 못한다. 어머니는 카를 이모부의 죽음이 로살리아 이모에게는 제일 좋은 일이 될 거라고 늘 생각했지만, 로살리아 이모의 생각은 다른 것 같다. 카를 이모부가 살아 있을 때

는 그와 절대 어울리고 싶어 하지 않았던 페테르 이모
부와 아그네테 이모를 포함한 모든 친척이 장례식에
참석한다. 내 사촌 세 명도 와 있다. 사촌들은 키가 작
고 뚱뚱한데 얼굴은 창백하리만치 하얗다. 우리 어머니
는 고소하다는 듯 그 애들이 절대 결혼하지 못할 거라
고, 그러니 그 부모가 으스댈 거리가 뭐가 있겠냐고 한
다. 어머니와 아버지는 언제나 아그네테 이모와 페테르
이모부를 깎아내려 왔으면서도 여전히 매주 두어 번씩
그들과 카드 게임을 한다. 나는 그 모임 때문에 짜증이
난다. 일을 마치고 집에 와도 그들이 떠나기 전에는 잠
을 잘 수가 없기 때문이다. 목사님이 카를 이모부에 관
한 설교를 하는 동안, 나는 외할머니의 장례식에서처럼
웃음을 터뜨리지는 않는다. 다만 로살리아 이모를 제
외하고는 이모부를 오랫동안 알아 왔거나 그가 정말로
어떤 사람인지 아는 사람이 아무도 없다는 사실에 대
해 생각해 본다. 처음에 그는 경기병이었고, 그 다음에
는 제철공이 되더니, 맥주를 마셔 댔고, 마침내는 탄산
음료로 넘어갔다. 그게 우리가 아는 전부다. 우리는 다
함께 묘지 근처의 식당에서 커피를 마시는데, 로살리아
이모가 그 어떤 것으로도 기운을 차리고 싶어 하지 않
는 바람에 답답한 분위기가 감돈다. 눈물이 이모의 커
피잔에 떨어진다. 눈물을 닦기 위해 이모는 장례식용

모자의 검은 베일을 계속 들어 올려야 한다. "젊었을 때는 잘생긴 사람이었는데." 이모가 어머니에게 말한다. "그치, 알프리다?" "그래, 그랬어." 어머니가 대답한다. "그때는 미남이었지." 로살리아 이모가 말한다. "그 사람이 술을 마셔서 너희들 모두 싫어했다는 거 알아. 그 것 때문에 그 사람이 많이 힘들어했어. 본가 식구들한테도 미움을 받았지." 당황스러운 그 말에 아무도 대답하지 않는데, 그건 물론 이모의 말이 다 맞기 때문이다. "그럼." 그때 에드빈이 일어난다. "저는 이제 가 볼게요. 친구랑 약속이 있어서요." 에드빈이 떠난 뒤 나는 내 가족들을, 어린 시절 내내 나를 둘러쌌던 얼굴들을 둘러본다. 지치고 나이 든 그 얼굴들은 마치 나를 성장시키기 위해 그들 자신을 완전히 소모시켜야 했던 세월들의 모습 같다. 심지어 나보다 별로 나이가 많지 않은 사촌들조차 몹시 지치고 힘이 빠져 보인다. 아버지는 일요일용 외출복을 입고 있을 때면 늘 그렇듯 아주 조용하고 심각한 얼굴을 하고 있다. 마치 그 옷 안감이 어둡고 기운 빠지는 생각들로 이루어져 있어서 아버지가 그 옷을 입을 때마다 그 생각들도 걸치게 되는 것 같다. 아버지는 낮은 목소리로 중얼거리며 페테르 이모부와 이야기하고 있다. 그들은 장례식에 와서도 정치 이야기를 하지만, 보통 때처럼 흥분한 어조를 띠지는 않는다. 아버지는 여전히 H. C. 외르스테드 공장에서 일하고 있고, 어머니는 내 돈으로 사고 싶어 했던 라디오를 마침내 손에 넣었다. 어머니는 그 라디오를 하루 종일 켜 두고 지내다가 오직 거실에 이야기를 나누고 싶은 누군가가 있을 때만 끈다. 아버지는 집에 있을 때는 언제나 소파에 누워서 자고 있다. 그러다가 어머니가 라디오를 끄면 깜짝 놀라 깨어나서는 이렇게 중얼거린다. "저 지독한 소음 때문에 빌어먹을 잠도 못 자겠네." 우리는 그 말이 아주 웃기다고 생각한다. 하지만 나는 이제 집에서 일어나는 일에 그다지 관여하지 않는다. 적어도 전만큼은 말이다. 나는 오직 크로그 씨네 집에 있을 때만 정말로 살아 있다는 기분이 든다. 나는 어머니를 자극하지 않고 또 내가 용기를 낼 수 있는 선에서 최대한 자주 그를 찾아간다. 나는 어머니에게는 위르사네 집에 가는 거라고 말하고, 어머니는 위르사와 내가 왜 갑자기 친해졌는지 이해하지 못한다. 그간 나는 늘 그 애가 싫다고 말해 왔기 때문이다. 나는 크로그 씨에게서 책을 빌려서는 다 읽고 반납한다. 그는 언제나 잠옷 위에 입는 실크 가운을 걸치고 발에는 붉은색 슬리퍼를 신은 채 나를 맞는다. 그러고는 은으로 만든 커피포트에서 우리 두 사람이 마실 커피를 따른다. 페이스트리가 없을 때면 그는 내게 50외레를 주면서 내려가서 사 오라고 한다. 우리는 표면에 에칭 가공을 한 놋쇠로 만든 낮은 테이블을 사이에 두고 커피를 마신다. 크로그 씨는 계속 가볍게 떨리는 길쭉하고 하얀 두 손과 내게는 몹시 근사하게 들리는 낮고 상냥한 목소리를 지니고 있다. 내가 호기심을 드러내는 모습을 좋아하지 않는 그는 내가 거기 있을 때면 대부분의 이야기를 자기가 이끌어 간다. 어느 날 저녁, 내가 왜 결혼하지 않았느냐고 묻자 그는 이렇게 대답했다. "한 사람에 대해 모든 걸 다 알면 안 돼요. 그걸 기억해야 해요. 다 알고 나면 설레지 않게 되거든요." 나는 루트가 여전히 그곳에 오는지, 정말로 코러스 걸이 될 생각인지, 아니면 크로그 씨가 홀게르 비에레를 정말로 알기는 하는지조차 알 수가 없다. 루트의 생각은 회의적이다. 마당이나 거리에서 나와 마주칠 때마다 그 애는 이렇게 말한다. "그 크뢰그라는 작자는 온통 거짓말만 하는 더러운 늙은이야. 아직 너한테는 수작 안 걸었어?" "응." 나는 그렇게 대답하고, 루트가 말하는 사람이 내가 아는 크로그 씨와는 전혀 다른 누군가인 것 같다는 생각이 든다. "글쎄, 나는 거기 혼자 갈 엄두가 안 나더라." 루트가 말한다. 또 어느 날, 루트는 내게 아직 선물 한 번 주지 않는 걸 보니 크로그 씨는 구두쇠가 분명하다고 주장한다. "그 사람이 왜 선물을 줘야 되는데?" 내가 묻는다. 루트는 안달이 나서 폭발할 것 같은 표정으로 나를 본다. "왜냐면." 루트가 말한다. "그 사람은 나이가 많고 너는 젊으니까. 그 사람, 젊은 여자한테 완전히 미쳐 있는데, 그럴 거면 돈을 내야지. 그것 말고 뭐가 있겠어?" 어느 날 저녁, 크로그 씨가 우리 사이에 놓인 테이블 위에 세워진 높다란 은촛대의 초들에 불을 붙였을 때, 나는 용기를 그러모아 입을 연다. "크로그 씨, 제가 어렸을 때 시를 좀 썼었어요." 그는 미소 짓는다. "그렇군요." 다시, 그가 말한다. "나한테 그 시들을 보여 주고 싶어요?" 내가 그에게 원하는 게 뭔지 그가 알아맞혔기에, 나는 얼굴을 붉히면서 어떻게 알았느냐고 묻는다. "아." 그가 말한다. "시가 아니면 뭔가 다른 걸 수도 있었겠죠. 사람들은 늘 서로에게서 뭔가를 원해요. 그리고 난 당신이 나를 어딘가에 이용하고 싶어 한다는 걸 내내 알고 있었어요." 내가 항의하는 몸짓을 하자 그는 다시 입을 연다. "거기에는 아무것도 잘못된 게 없어요. 그건 완전히 자연스러운 일이에요. 나 역시 당신에게서 뭔가를 원해요." "뭔데요?" 내가 묻는다. "특별히 정해진 뭔가는 아니에요." 그는 물고 있던 길고 가느다란 파이프를 입에서 뺀다. "난 그냥 별난 사람들을 수집하죠. 좀 다르고 특별한 사람들을요. 당신이 쓴 시들을 보고 싶네요. 내 등 좀 두드려 줘요." 마지막 말은 헐떡이는 호흡과 함께 나온다. 그의 얼굴이 제법 창백하다. 그는 내가 등을 두드릴 때마다 기침을 하더니, 몸을 웅크리고 두 팔을 바닥으로 축 늘어뜨린다. 나는 그의 고통이 무슨 병 때문인지 궁금하지만, 생명이 위험한 병이냐고 물어 볼 엄두는 내지 못한다. 그러나 다음날 저녁이 되자마자 내 시 노트를 들고 그의 아파트로 급히 건너간다. 그가 더 이상 살아 있지 않을 거라고 반쯤 확신한 것이다. 하지만 그는 살아 있다. 우리가 커피 테이블에 앉자마자, 나는 최고의 시들을 읽는 데 익숙해진 그가 실망할까 봐 몹시 불안해진 마음으로 노트를 건넨다. 그는 파이프를 내려놓고는 노트를 훌훌 넘기고, 나는 긴장한 눈으로 그의 얼굴을 살핀다. "그렇군." 그는 고개를 끄덕인다. "동시군요!" 그런 다음 그는 소리 내어 읽는다.

> 잠자는 소녀야, 널 위해 찬가 한 곡 불러 줄게
>   어떤 광경도 이토록 진실한 기쁨을 준 적은
> 없었어
>   움직임 없이 사랑스럽게 누워 있는 너만큼은
>
> 꿈속에서 웃고 있구나, 하얀 시트로
> 네 젊은 가슴을 간신히 덮고서
> 아, 내게 그 모습은 얼마나 신성했는지,
> 너는 알지 못했지만

거기에는 네 개인가 다섯 개의 연이 있고, 그는 그것들 전부를 혼자 중얼거리며 읽는다. 그러더니 다정하고도 엄숙한 시선으로 나를 쳐다본다. "재미있군요. 이 시를 쓸 때 누구를 떠올리고 있었어요?" "아무도 안 떠올렸는데요." 나는 대답한다. "음, 그래요. 어쩌면 루트일 수도 있겠네요." 그가 호쾌하게 웃는다. "인생은 재미있어요." 그가 말한다. "갈 때가 다 돼서야 처음으로 그걸 깨닫게 되네요." 나는 그 얘기를 듣고 겁에 질린다. "하지만 크로그 씨, 당신은 그렇게 나이가 많지 않잖아요. 우리 아버지보다도 많지 않은 걸요." "물론 그렇죠." 그는 대답한다. "하지만 설령 그렇다 해도, 난 오랜 시간을 살아왔어요." 그는 공책을 덮더니 테이블 위에 올려놓는다. "이 시들은 어디에 실을 수는 없지만, 당신은 언젠가 시인이 될 것처럼 보이네요." 그 말에 행복의 물결이 내 안으로 밀려든다. 나는 내게 2년 뒤에 돌아오라고 했던 편집자 브로크만 이야기를 꺼내고, 그는 브로크만을 잘 알았다고 대답한다. 그러고는 언젠가 내가 훌륭한 시, 다른 사람들이 읽으면서 즐거움을 느낄 만한 시를 쓰게 되면 자신에게 보여 달라고, 그러면 틀림없이 출판될 수 있게 돕겠다고 다짐한다. 촛대에서는 촛불들이 어른거리고, 어두운 저녁 하늘에는 별들이 가득하다. 나는 크로그 씨가 너무 좋지만 감히 그렇게 말할 엄두를 내지 못한다. 우리는 오랫동안 아무 말도 하지 않는다. 저쪽에 있는 책장들에서 가죽과 종이와 책먼지의 기분 좋은 냄새가 흘러나오고, 크로그 씨는 마치 내게 말하고 싶은 것이 있지만 절대로 말할 수 없다는 듯, 정확히 우리 아버지가 언제나 나를 보던 방식으로, 슬픔이 담긴 시선으로 나를 바라본다. 그러더니 일어선다. "자, 이제 가 보는 게 좋겠어요. 잠들기 전에 해야 할 일이 좀 있거든요." 복도로 나온 그는 내 턱 밑에 한 손을 대고는 말한다. "이 늙은이 뺨에 키스 한 번 해 주지 않을래요?" 나는 조심스럽게 키스한다. 내 키스가 그가 두려워하는 죽음을 가져오기라도 할 것처럼. 그 뺨은 우리 외할머니의 뺨을 떠오르게 하는 부드러운 뺨, 노인의 뺨이다.

5

히틀러가 독일의 정권을 장악했다. 아버지는 거기서 이긴 건 반동주의자들이고, 독일인들은 스스로 히틀러에게 표를 던졌으니 그런 일을 겪어도 싸다고 한다. 크로 그 씨는 그 일을 세계적인 대참사라고 부르면서 마치 개인적인 슬픔에 빠진 것처럼 우울하고 의기소침한 상태가 되어 있다. 하숙집의 안주인들은 환호를 보낸다. 그들은 만약 스타우닝이 히틀러 같은 사람이라면 우리는 실업 문제를 겪지 않았겠지만, 스타우닝은 약하고 부패했으며 주정뱅이인 데다가 그가 정부에서 하는 일은 죄다 틀렸다고 한다. 이제 그들은 저녁 식사 전에 낮

잠을 자는 대신 라디오로 뉴스를 듣는다. 그러고는 눈을 빛내며 주방으로 돌아와서 독일 국회 의사당 방화 사건은 공산주의자들이 저질렀고 이제 재판에서 그 사실이 분명히 밝혀질 거라고 주장한다. 우리 아버지와 크로그 씨는 나치들 자신이 그 불을 지른 거라고 하는데, 내게 어떤 의견이 있다면 그 둘과 같은 의견일 것이다. 하지만 무엇보다 나는 겁이 난다. 마치 세계라는 대양의 거대한 파도들이 작고 연약한 내 배를 언제든 뒤집어 버릴 것만 같다. 나는 더 이상 신문들을 읽고 싶지 않지만, 완전히 피할 수도 없다. 아버지는 「소시알 데모크라텐」지에 실린 안톤 한센[1]의 어둡고 풍자적인 그림들을 내게 보여 주고, 그것들은 내 두려움을 증폭시킨다. 그 그림 가운데 하나는 등에 커다란 표지판을 단 늙은 유대인이 웃고 있는 나치 친위대원들에게 둘러싸인 모습을 보여 준다. 표지판에는 독일어로 이렇게 적혀 있다. '나는 유대인이지만, 나치에 대해 불평하고 싶지는 않습니다.' 나는 그 독일어 문장의 뜻을 아버지에게 알려 주어야 한다. 크로그 씨는 「폴리티켄」지를 구독한다. 그는 내게 판 데르 루베[2]를 그린 그림과 그 밑에 달

---

[1]   1891~1960. 덴마크의 만화가이자 화가. 특히 코펜하겐의
      가난한 사람들을 묘사하는 그림을 주로 그렸다.

린 캡션을 내게 보여 준다.[3]

> 토르글러와 그 방화에 대해
> 당신이 아는 것을 말하라.
>
> —
>
> 당신은 알고 있고, 우리는 알고 싶다, 빌어먹을.
> 디미트로프와 포포프가
> 계단에서 기다리고 있었다고 말하라.
> 그러면 당신은 목숨을 구할 테니.

"아, 그렇군." 그가 말한다. "이제 독일 인텔리겐치아가

---

2 마리누스 판 데르 루베(1909~1934). 독일의 공산주의자.
   1933년 독일 국회 의사당 방화 사건을 일으킨 혐의로 체포되어
   그 이듬해 참수형에 처해졌다. 2차 세계 대전 이후 그의
   유족들은 판결의 부당함을 꾸준히 주장했고, 마침내 2007년
   그에 대한 유죄 판결이 전면 무효화되면서 사후에 사과를 받게
   되었다.

3 이 캡션에 등장하는 에른스트 토르글러(1893~1963), 게오르기
   디미트로프(1882~1949), 블라고이 포포프(1902~1968)는 모두
   독일 국회 의사당 방화 사건 당시 루베의 공범으로 체포된
   공산주의자들이었다. 그러나 이 체포는 반파시즘 인민 전선을
   조직하려던 이들을 탄압할 목적으로 나치가 증거를 조작한
   결과였고, 이들은 조작된 증언에 반박한 뒤 무죄로 풀려났다.

뛰어들었었네요." 나는 '독일 인텔리겐치아'가 뭔지 그에게 묻고, 그는 내게 설명해 준다. 그 말은 특히 예술가들을 의미한다고 한다. 시인 역시 예술가에 속하고, 크로그 씨는 내가 언젠가 시인이 될 거라고 했었다. 「베를링스케 티엔데」를 읽는 하숙집 안주인들은 거기 히틀러에 관한 진실이 쓰여 있다고, 히틀러는 유럽 전체를 구하고 우리 모두를 위해 일종의 낙원을 건설할 거라고 말한다. 나는 다른 어느 때보다도 하숙집의 답답하고 더러운 부엌으로부터, 내가 거기서 매일 보는 사람들로부터 도망치고 싶다. 내가 집에 오면 아버지는 언제나 자고 있고, 두 시간 뒤면 일하러 간다. 어느 날 저녁 아버지가 깨어났을 때 나는 그에게 혹시 다른 일자리를 찾아봐도 되는지 물어본다. 나는 설거지와 청소가 싫고, 어떤 종류의 집안일도 다 싫고, 차라리 사무실에서 일하면서 타자 치는 걸 배우고 싶다고 말한다. "아직은 안 돼." 아버지의 대답이다. "우선 집을 제대로 관리하고 남편이 직장에서 돌아오면 요리해 주는 법을 배워야지." "그건 금방 배울 거야." 어머니가 와서 나를 거들어 준다. "언젠가 그럴 필요가 있게 되면 말이야." 어머니는 또 이렇게도 말한다. "당신 말을 들어 보면 애가 내일이라도 결혼할 것 같아. 이제 막 열다섯 살이 됐을 뿐인데." 아버지가 입술을 앙다물더니 얼굴을 찡그리고 묻는다. "결정하는 게 당신이야, 아니면 나야?" 그러자 어머니는 입을 다물지만 분명 모욕감을 느끼고 있고, 거실에는 긴장이 감돈다. 아버지가 나가자 어머니는 뜨개질감을 내려놓고는 미소 짓는다. "우리 연기를 하자." 어머니는 속삭인다. "하숙인 중에 한 명이 너한테 집적거렸다고 하는 거야. 그럼 너는 다른 일자리를 알아봐도 돼." "좋아요." 나는 그제야 안심한다. 지금까지 그 생각을 못 했다는 게 놀랍기만 하다. 이틀 뒤 내가 집에 돌아왔을 때, 아버지는 소파에 앉아 있다. "음." 그가 말한다. "무슨 일이 있었는지 어머니한테 들었다. 이제 너도 스스로 조심해야 하는 나이가 됐구나. 거긴 다시 안 가도 된다. 어머니가 가서 네 봉급을 받아 올 거고, 그러고 나면 다른 일자리를 알아보기 시작해야 돼." 그렇게 해서 나는 잠깐 동안 집에 머무른다. 우리는 「베를링스케 티엔데」를 사고, 나는 거기 실린 수많은 사무직 구인 광고에 지원하지만 아무런 답변도 받지 못한다. 결국 베스테르브로를 돌아다니며 직접 가서 면접을 봐야 하는 여러 일자리에 지원해 본다. 나는 커다랗고 밝은 사무실에서 세련된 신사들과 이야기하고, 그들은 모두 우리 아버지의 직업이 뭐냐고 묻는다. 내가 대답을 하면, 그들은 내가 내 봉급만으로 먹고 살아야 할 텐데 자신들이 내놓은 일자리는 그런 목적에는 전혀 어울리지 않는다고 판단한다. 하지만 마침 내 일자리를 하나 얻는 데 성공한다. 그곳의 이사는 내게 단지 노동조합에 가입했는지만 물어보고, 내가 아니라고 대답하자 한 달에 40크로네의 조건으로 즉시 나를 채용한다. 이제 나는 발데마르스가데에 있는 어느 간호 용품 회사의 재고 관리 사무원이 될 예정이다. "파업 파괴자들의 회사로구먼." 노동조합에 관련된 부분을 들은 아버지는 그렇게 말하지만 어쨌거나 수긍한다. 요즘은 여자들조차 일자리를 구하기가 어렵기 때문이다.

이 모든 일이 진행되는 동안에는 크로그 씨를 찾아갈 기회가 없었다. 그는 내게 어디 사느냐고 물어본 적도 없었고, 그 자신이 다른 사람들의 호기심을 사는 일을 좋아하지 않듯이 내게도 거의 호기심을 보이지 않았었다. 어느 날 저녁, 나는 그를 다시 만나러 나간다. 세상은 겨울이고, 나는 별로 예쁘진 않지만 따뜻하기는 한, 에드빈의 것을 수선해 만든 코트를 입고 있다. 다시 만난 내 친구에게 지금으로서는 만족스러운 새 일자리에 관한 이야기를 들려주고 싶다. 늘 다니던 길을 따라 베스테르브로가데를 가로질러 가멜 콩에바이에 도착한 나는 갑자기 아무것도 이해할 수 없는 상태로, 온몸이 마비된 것처럼 멈춰 선다. 그 노란 건물이 있어야 할 자리에 없다. 건물이 서 있던 곳에는 그저 돌무더기와 석고 부스러기, 녹슬고 뒤틀린 수도 파이프 따위로 가득한 공터가 있을 뿐이다. 나는 그리로 가서 낮게 서 있는 벽의 잔해에 대고 한 손을 힘껏 짚는다. 더 이상 내 두 다리로는 서 있지 못할 것 같다. 무관심한 얼굴을 하고 자신만의 저녁 용무에 몰두해 있는 사람들이 나를 지나쳐 간다. 나는 그들 중 누군가의 팔을 붙잡고 이렇게 말하고 싶다. "어제는 여기 건물이 있었잖아요. 그게 어디로 갔는지 말해 주실 수 있나요? 크로그 씨는 어디 있죠?" 물론 그는 지금 어딘가 다른 곳에서 살고 있겠지만, 사라져 버린 사람을 어떻게 찾는단 말인가? 그가 내게 어떻게 이럴 수 있는지 나는 이해할 수가 없다. 아니면, 어쩌면 그는 어린 소녀들을 너무도 많이 알고 있었고, 나는 그저 그들 중 한 명일 뿐이었는지도 모른다. 그는 별난 사람들을 수집한다고 했었는데, 어쩌면 나는 충분히 별나지 못했는지도 모른다. 이 불행은 천천히 집으로 돌아가는 와중에도 내 넋을 반쯤 빼앗아 놓는다. 그때, 만약 내가 훌륭한 시를 썼더라면 이런 일은 일어나지 않았을 거라는 생각이 든다. 아니면 그가 명백히 루트의 몸을 욕망했듯이 내 몸을 욕망했더라도 이런 일은 일어나지 않았을 것이다. 하지만 나에게 그런 쪽으로 눈곱만큼의 관심조차 드러낸 사람은 아직 아무도 없다. 아버지의 경고는 전혀 필요 없는 거였다. 동네로 돌아오자, 우리 단지의 앞채 현관 계단 앞에 서 있는 루트가 보인다. 그 견습 기계공과 함께다. 바람이 얼음처럼 차다는 걸 그제야 처음으로 알아차린 나는 멈춰 서서 코트 단추를 목까지 채운다. "크로그 씨네 건물이 헐렸어." 내가 말한다. "그 사람이 어디로 갔는지 혹시 아니?" "아니." 루트는 청년의 어깨 너머로 말한다. "그리고 그건 나랑은 개뿔 상관없는 일이야." 그들은 서로의 품속으로 다시 파고들고, 나는 그들을 지나 마당을 가로지른다. 나는 단지 뒤채의 계단을 오르다가 내가 태어난 이곳에서 결코 도망칠 수 없을 거라는 두려움에 사로잡힌다. 문득 이곳이 참을 수 없게 느껴지고, 이곳의 모든 기억들이 어둠과 슬픔으로 다가온다. 여기서 사는 한, 나는 외롭고 이름 없는 삶을 살아갈 운명에 처해 있다. 세계는 내 어떤 부분도 인정해 주지 않고, 내가 모서리 하나를 겨우 붙잡을 때마다 내 손아귀를 슬쩍 빠져나간다. 사람들은 죽고, 그들 머리 위의 건물들은 헐려 나간다. 세계는 끊임없이 변하고 있다. 지속되는 건 오직 내 어린 시절의 세계뿐이다. 거실로 올라와 보니 언제나와 똑같은 풍경이 펼쳐져 있다. 아버지는 자고 있고, 어머니는 식탁에 앉아 뜨개질을 하고 있다. 어머니의 흰머리는 사라졌는데, 어머니가 극비리에 머리를 염색했기 때문이다. 그럴 돈이 어디서 났는지는 모르겠지만……. 이따금씩 아버지는 이렇게 이야기한다. "당신 머리가 여전히 검은 게 희한하네. 내 머리는 이제 완전히 희끗희끗해졌는데." 세상 물정 모르는 아버지는 우리가 하는 말이라면 뭐든 믿는데, 그 자신이 절대로 거짓말을 안 하기 때문이다. "어디 있었니?" 어머니가 의심스러운 눈으로 나를 보며 묻는다. "위르사네 집에요." 나는 어머니가 나를 믿든 말든 상관없다는 투로 답한다. 어머니가 말한다. "집이 춥네. 난로에 석탄 좀 더 넣어라." 그런 다음 어머니는 커피를 만들려고 물을 올리고, 나는 에드빈처럼 나도 열여덟 살이 되면 따로 나가 살아야겠다고 결심한다. 그때가 돼야 허락을 받을 수 있을 테니까. 어딘가 다른 곳에, 베스테르브로에서 먼 곳에 살게 되면 크로그 씨 같은 사람들과 접촉하는 일도 더 쉬워질 것이다. 우리가 커피를 마시는 동안 나는 신문을 넘기며 슬쩍슬쩍 훑어본다. 신문에는 판 데르 루베가 사형에 처해졌고, 디미트로프는 재판에서 괴링[4]을 완전히 바보로

---

4   헤르만 빌헬름 괴링(1893~1946). 독일의 군인이자 정치인. 게슈타포를 창설했고 나치 독일의 국가 의회 의장을 지냈으며 독일 국회 의사당 방화 사건 재판에는 증인으로 출석했다. 2차 세계 대전 종전 후 뉘른베르크 재판에서 사형을 선고받았으나 집행 전날 감방에서 스스로 목숨을 끊었다.

만들었다고 적혀 있다. 나는 부고란으로 신문을 넘기지만 사망자 명단에 크로그 씨의 이름은 없다. 히틀러가 정권을 장악하면서 크로그 씨가 나에 대한 관심을 잃은 것 같다는 생각이 떠오르고, 나의 작은 배는 뒤집힐 것 같다는 희미한 공포로 또 다시 흔들린다.

6

나는 아침 7시 정각이면 출근해 있어야 한다. 사무실 사람들과 이사가 도착하기 전에 옌센 씨와 함께 방들을 청소하고 정돈해야 하기 때문이다. 옌센 씨는 열여섯 살이고, 키가 크고 말랐고 철이 없다. 내가 바닥을 닦는 동안 그는 콘돔 여러 개를 불어서 내 머리 위로 날아다니게 한다. 그가 내게 키스하려고 할 때마다 나는 웃으며 한 손에 든 걸레로 방어한다. 그는 그냥 어린애일 뿐이라 나는 그의 난폭한 행동에 화가 나지 않는다. 이사실에 들어가면 그는 책상에 두 다리를 올려놓고 의자에 앉아 담배 한 대를 입술에 문다. "나, 이사랑 비슷해 보이지 않아요?" 그가 손가락으로 긴 앞머리를 꼬며 묻는다. 그는 내가 내숭을 떤다고 한다. 내가 처녀이고 자기와 키스하려 하지 않기 때문이다. "그쪽이 나랑 사랑에 빠지면." 내가 말한다. "그러면 키스, 할게요." 그는 자기가 나와 사랑에 빠져 있다고 주장하지만 나는 그 말을 믿지 않는다. 어느 날 아침 내가 이사실 바닥을 닦고 있을 때 이사가 갑자기 문으로 들어온다. 정신없이 청소용 솔들과 양동이를 그러모으는데, 그가 뒤에서 나를 안으며 양손으로 내 가슴을 움켜쥔다. 그 행동은 우리 어머니가 정육점에서 고기를 만지는 방식과 어딘가 닮아 있고, 수치심과 분노로 얼굴이 빨개진 나는 아무 말도 하지 않은 채 양동이와 청소용 솔들을 들고 그에게서 빠져나간다. 내가 그 이야기를 하자 옌센 씨는 내가 그자의 손가락들을 철썩 때려 버렸어야 했다고, 그 사람은 맨날 여직원들을 침대로 데려간다고, 그런 걸 참으면 안 된다고 말한다. 이사는 결혼했고 가톨릭 신자라 아이들도 많다. 하지만 시간이 지나자 그 일은 그렇게 기분 나쁘게 여겨지지 않는다. 어쨌든 그는 내 몸에 관심을 보인 첫 번째 남자고, 나는 그런 관심 없이는 내가 이 세상에서 어떤 일도 성공하지 못할 거라 전부터 확신하고 있었으니까. 사무실 비서 두 명과 물품 보관소 감독관이 도착하면 주문서들을 처리해야 한다.

내 일은 물품 보관소의 긴 카운터에서 제품을 포장하는 것이다. 체온계, 탈지면, 질 세척기, 보온 물통, 콘돔, 탈장대. 옌센 씨는 물건들의 용도를 하나하나 신중하게 설명해 주었는데, 섹스는 내게 극도로 복잡하고 그다지 매력적이지 못한 무언가로 느껴진다. 어떤 것은 섹스 전에 쓰고 또 어떤 것은 섹스한 후에 쓴다는데, 그 둘의 차이를 간단히 알려 주지 않는 옌센 씨의 설명을 듣는 동안 나는 내가 부적격자 같다는 생각에 빠져든다. 물품 보관소 감독관은 오토센 씨다. 예쁘장한 비서들은 공공연히 그에게 빠져 있다. 그들이 서류를 들고 카운터에 서서 감독관에게 무언가를 설명할 때 그는 한 팔로 그들의 허리를 슬쩍 감싸고, 그러면 그들은 꿈꾸는 눈을 하고 그를 향해 몸을 기울인다. 머리에 온통 조그만 컬들을 매달고, 하이힐을 신고, 허리에는 넓은 에나멜가죽 벨트를 두른, 예쁘고 세련된 두 젊은 여자. 언젠가 사무실에서 일하게 되면 나는 꼭 그들처럼 보이게 꾸며 보고 싶다. 무슨 옷을 입을지, 내 머리가 어떻게 보일지에 대해 좀 더 신경을 쓰려고 한다. 하지만 그런 노력들을 뒤로 미루는 건 사실 그 일들이 지루해서다. 나는 회사에서 지급한 갈색 작업복을 입고 있다. 일자리를 구하러 다닐 때면 나는 우리 어머니의 화장 종이로 두 뺨을 문지르는데, 내가 외모를 위해 해본 일이

라곤 그게 다다. 내 머리는 길고 똑바른 금발이고, 나는
필요하다고 생각될 때마다 갈색 비누로 머리를 감는다.
크로그 씨는 내 머리칼이 아름답다고 했지만, 그건 어
쩌면 내게서 칭찬할 만한 다른 요소를 하나도 찾을 수
없어서였는지도 모른다. 어쨌든, 나는 제법 자주 오토
센 씨와 가까이 서 있게 되고, 그럴 때마다 살짝 그에게
몸을 기대려고 해 본다. 하지만 그는 내 허리에 팔을 두
르지도 않고, 내가 소심하게 접근하고 있다는 것도 전
혀 알아차리지 못한다. 그 상황에 대해 열심히 생각해
본 나는 대부분의 여자가 남자들에게 저항하기 힘든
흡인력을 행사하지만 나는 거기서 예외라는 결론에 도
달한다. 그건 슬프면서도 어딘가 기묘한 일이다. 그래
도 그 사실 덕분에 나는 우리 동네의 수많은 여자애들
처럼 너무 일찍 아이들을 낳지 않을 수 있었으니까. 어
느 날 옌센 씨가 저녁에 영화 보러 같이 가겠느냐고 묻
는다. 어렸을 때 이후로 줄곧 영화를 보러 가도 된다는
허락을 받아 보고 싶었던 나는 좋다고 한다. 부모님은
내가 극장에 가는 걸 허락한 적이 없었다. 나는 이번만
큼은 집에 사실대로 이야기하고, 그러자 어머니는 몹시
흥분한 기색이 된다. 옌센 씨에 관한 모든 것을 알고 싶
어 하는 어머니는 이미 마음속으로는 나와 그를 결혼
시킨 상태다. 하지만 옌센 씨의 아버지가 무슨 일을 하

는지도, 옌센 씨 자신이 미래를 위해 어떤 계획들을 갖고 있는지도 알지 못하는 내가 어머니의 호기심을 만족시켜 줄 수는 없다. 아버지는 에드빈이 유감스럽게도 가입을 거절한 덴마크 사회민주당 청년부(DSU)에 옌센 씨가 가입해 있다는 것을 알고 몹시 기뻐한다. "의심할 여지없이 대단히 양식 있는 청년이네." 아버지가 콧수염 양 끝을 꼬며 말한다. 그렇게 나는 난생처음 극장에 가서 옌센 씨와 나란히 앉는다. 그는 나름 열심히 치장했지만, 그가 입은 견진 성사용 정장은 완전히 때를 씻어 내지 못한 그의 팔목을 덮기에는 소매가 짧았다. 우리는 의자 등받이에 코트를 걸어 두었다. 먼저 어떤 사람이 나와 피아노를 연주한다. 그러더니 불이 꺼지면서 번쩍이는 광고들이 스크린을 가로질러 스쳐간다. 광고들이 끝나자 불이 다시 들어오고, 그게 끝이라고 생각한 내가 자리에서 막 일어나려는데 옌센 씨가 나를 잡아당겨 다시 앉힌다. "이제 막 시작한 거예요." 그가 참을성 있게 말해 준다. 영화 제목은 〈캐빈 보이〉[5]이고, 거기 나오는 소년은 잘생기고 애처로운 재키 쿠건이다. 영화에 완전히 매혹된 나는 여기가 어디인지, 누구

5 　할리우드 개봉 원제는 〈버튼스Buttons〉(1927)이지만 덴마크에서는 〈캐빈 보이〉로 개봉되었다.

와 함께 있는지 잊어버린다. 나는 마치 내가 얻어맞기라도 한 것처럼 울다가 옌센 씨가 손에 쥐여 준 손수건을 기계적으로 받아든다. 그가 내 무릎에 손을 얹었을 때는 그게 무언가의 사체라도 되는 듯 밀쳐 낸다. '캐빈 보이'는 격렬하게 울음을 터뜨리는 아름다운 여자와 그 여자의 어린 딸을 위해 자기 목숨을 희생하고, 선장과 배와 함께 가라앉는다. 나는 큰 소리로 운다. 불이 들어왔을 때도 멈출 수가 없다. 당황한 옌센 씨는 밖으로 나갈 때 내 팔을 붙잡으며 속삭인다. "쉿……." 내가 묻는다. "왜 안 울어요? 슬프지 않았어요?" "슬펐죠. 하지만 그렇게 대놓고 영화관에서 울다니!" 우리는 쇤드레 대로를 걸어 내려가고, 옌센 씨는 내 손에 자기 손을 깍지 낀다. 그를 곁눈질로 본 나는 그의 속눈썹이 길다는 걸 알아차린다. 어쩌면 그는 정말로 나와 사랑에 빠져 있는지도 모른다. 우리 발밑에서 눈이 뽀드득 소리를 내고, 하늘은 별들로 환하다. 그의 팔이 약간 떨리지만 그건 그저 추워서일 수도 있다. 우리 집의 어두운 현관 앞에서 그는 나를 안고 키스한다. 나는 저항하지 않지만, 아무런 느낌도 들지 않는다. 그의 입술은 가죽처럼 차갑고 단단하다. "우리 서로 이름 부를래요?" 그가 쉰 목소리로 묻는다. "그래요." 내가 말한다. "이름이 뭐예요?" 그의 이름은 에를링이고, 우리는 직장에서는 그

대로 성을 부르자는 데 합의한다.

　　오후에 물품 보관소에서 할 일이 없을 때면 나는 다락 창고에 올려 보내진다. 늘 길게 줄지어 놓여 있는 금속 상자들을 정돈하기 위해서다. 나는 그 작업을 좋아한다. 어둡고 먼지 많은 그 방에 혼자 있을 수 있기 때문이다. 나는 바닥에 드러누워서는 겉면에 적힌 이름에 따라 상자들을 질서정연하게 줄 세운다. 아연 연고, 라놀린. 달콤한 우울 속으로 가라앉은 내 안에서 단어들의 리드미컬한 물결이 다시 흐르기 시작한다. 갈색 포장지에 그것들을 받아 적은 나는 내 시들이 아직도 충분히 훌륭하지 않다는 결론을 내리면서 슬퍼한다. "동시군요." 크로그 씨는 그렇게 말했다. 그는 또 이렇게 말하기도 했다. "훌륭한 시를 쓰려면 엄청나게 많은 경험을 해 봐야 돼요." 나는 경험은 많이 해 봤다고 생각하지만, 어쩌면 더 많이 하게 될지도 모르겠다. 그러던 어느 날, 나는 예전에 썼던 어떤 것과도 다른 무언가를 쓴다. 다만 그 차이가 정확히 뭔지 잘 모를 뿐이다. 나는 이렇게 쓴다.

> 어둠 속에 초 하나가 타고 있어,
> 나만을 위해 타는 초
> 내가 입김을 불면
> 그것은 활활 올라

나만을 위해 올라
하지만 부드럽게 숨을 내쉴 때

그리고 조용히 숨을 내쉴 때
초는 깜빡 밝음을 넘어서고
내 가슴 깊은 곳에서 타올라
그저 너를 비추게 되네.

나는 이게 진짜 시라는 생각이 들고, 그러자 크로그 씨가 사라져 버린 데서 오는 고통이 다시 솟아오른다. 그 시를 그에게 너무도 보여 주고 싶기 때문이다. 나는 그에게 간절히 말하고 싶다. 이제 그가 한 말을 이해한다고. 하지만 이제 내게 그는 그 나이 많은 편집자처럼 죽은 사람이고, 나는 시에 의해, 그리고 시를 쓰는 사람들에 의해 움직여지는 세상으로 들어갈 수 있는 어떤 새로운 실마리도 찾아낼 수가 없다. "자리를 오랫동안 비우네요." 내가 내려가자 에를링이 말한다. 에를링은 요즘 내내 우리가 정식으로 사귀기라도 하는 것처럼 행동한다. 계속 거기 서서 휴대용 관수기를(그건 섹스한 후에 사용하는 거라고 그가 설명해 주었다) 포장 중인 그는 그 기괴한 물건 아래 달린 빨간 튜브들을 구부리며 말한다. "우리 토요일에 호텔에서 같이 잘래요? 호텔비 모아 놨는데." "아뇨." 나는 말한다. 이제 진짜 시라는 걸 쓸 수 있다면 내가 처녀인지 아닌지는 중요하지 않기 때문이다. 하지만 내게 꼭 맞는 남자를 만나게 된다면 내가 처녀라는 사실이 필요해질지도 모른다. "하느님 맙소사." 에를링이 짜증을 낸다. "검시관 만날 때까지 아껴 둘 거예요?" "네." 나는 웃으며 대답하고, 그 웃음은 좀처럼 멈추지 않는다. 처녀성과 시들이 서로 무슨 관계인지 나 자신도 잘 모르는데, 그 기이한 연관성을 에를링에게 어떻게 설명할 수 있을까?

7

토요일 저녁마다 에를링과 나는 영화관에 간다. 그는 우리 단지 앞채의 벽에 몸을 기댄 채 나를 기다린다. 두 손은 자기 아버지의 코트 주머니에 찔러 넣고 있다. 내가 오빠의 코트를 물려받은 것처럼 그도 그 코트를 물려받았다. 내가 그를 너무 오래 기다리게 하면 그는 성냥개비를 씹으며 손가락으로 머리카락을 배배 꼰다. 우리가 현관을 나설 때면 어머니는 창문을 열고 소리친다. "잘 다녀와라, 토베." 그건 어머니가 우리의 관계를 인정한다는 뜻이고, 에를링 역시 그런 뜻으로 받아들인다. 에를링은 조만간 우리 부모님을 만나야 할지 내

게 묻는다. "아뇨." 내가 말한다. "아직 안 돼요." 부모님
도 마찬가지다. 에를링을 만나도록 내가 허락하지 않
자, 어머니는 혹시 그의 발이 굽어 있는지, 아니면 구순
구개열이 있는지 묻는다. 나는 에를링의 부모님을 찾
아가고 싶지도 않다. 그러면 그분들은 우리가 결혼을
약속한 사이라고 생각할 것이기 때문이다. 내게 여자
인 친구가 있다면 지금보다 더 편하고 더 재미있겠지
만 이제 내겐 그런 친구가 없고, 그러니 에를링이 있는
게 아무도 없는 것보다는 낫다. 내가 그를 무척 좋아하
는 건 그가 나처럼 약간 이상한 사람이라서다. 또 그는
여러 면에서 나를 닮기도 했다. 인부로 일하는 그의 아
버지는 종종 일자리를 잃는다. 에를링에게는 성인이 되
어 결혼한 누나가 하나 있다. 에를링은 학교 선생님이
되고 싶어 하지만, 열여덟 살이 되어야 사범 대학에 들
어갈 수 있다. 그는 그때를 위해 저축을 하고 있다. 그
는 회사가 노동조합 없이 사람을 쓰는 건 화가 나지만,
만약 자기가 노동조합에 가입하면 잘릴 거라고 말한다.
그의 급료는 1주일에 25크로네다. 우리가 영화관에 가
면 나는 내 푯값을 따로 낸다. 그에게 두 사람 몫의 입
장료를 낼 만한 돈이 없기 때문이기도 하고, 그렇게 하
면 내가 좀 더 독립적인 사람이 된 듯한 느낌이 들어서
이기도 하다. 이런 저녁들은 늘 똑같은 방식으로 진행

된다. 영화가 끝나면 그는 걸어서 나를 집에 데려다 주고, 어두운 현관 안쪽에서 나를 끌어안고 키스한다. 나는 내가 그를 얼마나 흥분하게 만들 수 있는지 알고 싶어져서 일종의 냉담한 호기심을 품고 그를 관찰한다. 만약 그와 사랑에 빠져 있다면 나 역시 뜨거워질 텐데, 나는 그렇지가 않고, 그도 그걸 안다. 어느 순간 나는 내 목을 감싼 그의 차가운 두 손을 풀어내며 말한다. "아니, 하지 말아요." "할 거예요." 그가 숨을 헐떡이며 속삭인다. "하나도 안 아플 거예요." "그래요." 내가 말한다. "그런데, 하기가 싫어요." 그가 가엾어진 나는 집에 들어가기 전에 그의 가죽 같은 입술에 키스한다. 그는 언제쯤 하고 싶어질 것 같은지 내게 묻고, 나는 그저 아무 대답이라도 해야겠다는 생각에 열여덟 살이 되면 하겠다고 약속한다. 그날까지는 아직도 끔찍할 만큼 긴 시간이 남아 있기 때문이다. 나는 나 자신도 약간 가엾어진다. 그가 포옹을 해도 내 안에서 정말 아무런 화음도 울리지 않기 때문이다. 나는 내가 그런 면에서도 비정상인 건지 궁금하다. "겁나게 좋았어." 루트는 그렇게 말했었고, 그때 그 애는 겨우 열세 살이었다. 쓰레기통 구석에 있던 여자아이들도 모두 같은 말을 했지만, 어쩌면 그건 거짓말이었는지도 모른다. 그냥 말만 그렇게 한 건지도 모른다. "우리는 네 애인을 언제쯤 만나 볼 수 있니?" 계단을 올라오자 거실에서 어머니가 말한다. "내가 네 아버지 만났을 때는 곧바로 집에 초대했어." 어머니는 또 이런 얘기도 한다. 에를링이 원하는 건 분명 딱 한 가지인데, 내가 그걸 마음대로 하게 놔두면 그는 나와 더 이상 어떤 것도 같이 하고 싶어 하지 않을 거라고. "그리고 너, 이 집에 애를 데리고 돌아오면 안된다." 어머니가 말한다. 어느 날 저녁, 나는 에드빈이 여자 친구를 집에 데려오는 일을 두고는 어머니가 이렇게 열성적이지 않았었다고 이야기한다. 그러자 어머니는 날카로운 말투로 대답한다. 남자아이의 경우에는 완전히 다르다고. 남자는 급할 것도 없고 언제든 결혼할 수 있지만, 여자아이는 누군가가 먹여 살려 줘야 하니 항상 그걸 염두에 두어야 한다고. 아버지는 나를 그만 좀 괴롭히라고 어머니에게 말한다. 아버지는 에를링이 학교 선생님이 되고 싶어 하는 걸 보니 똑똑할 게 분명하고, 또 교사는 돈도 많이 받는 데다 일자리를 잃는 경우도 없다고 말한다. "화이트칼라 직장인들이라니." 다행스럽게도 다시 일자리를 찾은 오빠가 중얼거린다. "교사들은 그중에서도 최악의 부류인데." 내가 절대로 결혼하지 못할 거라며 늘 놀려 댔던 오빠는 내게 남자 친구가 생기자 짜증이 나 있다. 오빠는 라디오로 왕세자 프레데리크의 결혼식에 관한 뉴스를 듣고 있고, 어머니는 그 뉴스를 무척 흥미로워 한다. "그 쓰레기 같은 왕실 얘기 좀 그만 꺼." 소파 깊숙이에서 아버지가 투덜거린다. "이제 우리나라가 먹여 살려야 할 입이 하나 더 늘었을 뿐이야." 하지만 회사 사무실 비서들은 고혹적인 잉리드 왕세자비 때문에 완전히 넋이 나가 있다. 그들은 늘 하던 대로 새로운 모금을 시작하고, 왕실에 꽃다발을 보내기 위해 기부한 사람들의 명단을 써 넣을 긴 목록을 들고 물품 보관소 안을 걸어 다닌다. 나는 1크로네를 낸다. 며칠 전에는 이사 딸의 견진 성사라고 해서 1크로네를 냈다. 이사에게는 자식들이 무척 많아서 그들의 세례식이나 생일을 위한 모금이 끊임없이 이어진다. "미처 깨닫기도 전에." 에를링이 말한다. "월급이 통째로 저 무의미한 짓거리에 다 나간다니까요." 에를링은 우리 아버지와 오빠처럼 사회민주당원이고, 대중들의 지위를 향상시킬 혁명을 꿈꾼다. 나는 그가 이 계획을 자세히 설명하는 걸 듣는 게 좋다. 가난한 사람들이 권력을 잡으면 나 역시 이득을 얻을 것 같아서다. 에를링은 사회 민주주의를 변화시켜 공산주의에 더 가깝게 만들고 싶어 한다. "사실 나는 생디칼리스트예요." 나는 그게 뭐냐고 묻지 않는다. 그랬다간 정치에 관해 이해하기 힘든 일장 연설을 듣게 될 테니까. 한번은 그가 블로고르스 광장에서 열리는 집회에 나를 데려가는데, 분위기가 험악해지더니 경찰들이 야경봉을 꺼내 소란을 일으키는 여러 도당을 해산시킨다. "경찰들을 타도하자." DSU 티셔츠를 입은 에를링은 그렇게 소리치자마자 머리를 얻어맞고 울부짖는 소리를 낸다. 나는 겁에 질려 그의 팔을 붙잡고, 우리는 손을 잡은 채 도망치는 군중들의 발소리로 진동하는 거리를 달려간다. 이건 내게 어울리는 일이 아니고, 나는 다시는 이런 짓을 하지 않겠다고 다짐한다. 직장에는 우리 말고도 두 명의 인부와 한 명의 운전사가 있다. 우리는 물품 보관소 뒤에 있는 작은 방에서 모두 함께 점심을 먹는다. 그곳은 난방이 되지 않고, 에를링은 그것도 참을 수 없는 일이라고 한다. 보통 우리는 코트를 입은 채로 뒤집어 놓은 맥주 상자들 위에 앉는다. 나는 이 작은 무리와 잘 어울려 지내고, 그들 앞에서는 수줍어하지도 않는다. 심지어 그들이 내게, 이를테면 탈장대나 질 세척기가 정말로 어디에 쓰는 물건인지 아느냐고 물을 때조차 그렇다. 그들에게 노동조합에 가입해야 한다고 이야기해 오던 나는 기분이 좋은 어느 날 맥주 상자 위에 올라가서 스타우닝의 연설을 흉내낸다. "동지 여러분!" 나는 내 보이지 않는 수염을 쓰다듬고는 목소리를 낮은 톤으로 떨어뜨리고, 청중들은 매우 즐거워한다. 그들이 웃으며 손뼉을 치고 나면 나는 그 일을 깨끗

이 잊어버린다. 얼마 뒤에 오토센 씨가 들어오더니 이사가 나와 이야기하고 싶어 한다는 말을 전한다. 이사가 내 가슴을 움켜쥔 날 이후로 그와 단둘이 있어 본 적이 없는 나는 그가 그 비슷한 걸 요구할까 봐 두려워진다. "앉아." 이사가 의자를 가리키며 무뚝뚝하게 말한다. 나는 의자 끄트머리에 걸터앉는데, 그의 얼굴이 무시무시한 분노로 일그러져 있는 게 보인다. "우린 너랑 일 못 해." 그가 화를 내며 말한다. "내 회사에 볼셰비키들을 들여놓진 않을 거라고." "네." 나는 볼셰비키가 뭔지도 모르면서 그렇게 대답한다. 그가 책상을 쾅 치는 바람에 나는 깜짝 놀란다. 곧 자리에서 일어난 그는 내 의자를 향해 걸어오더니 시뻘게진 얼굴을 내 얼굴에 바짝 들이댄다. 그의 입 냄새가 심해서 나는 고개를 살짝 돌린다. "넌 내 직원들한테 노동조합에 가입하라고 부추겼어." 그가 소리친다. "근데 그러면 어떻게 되는지 알기나 해?" "아뇨." 나는 작은 소리로 대답한다. 사실은 알고 있지만 말이다. "그 사람들 전부 해고당하는 거야." 그는 으르렁거리며 손으로 책상을 한 번 더 내려친다. "내가 지금 추천서도 없이 널 해고하는 것처럼 말이야! 수표는 총무실에서 받아 가." 그는 허리를 곧추세우고 자기 자리로 돌아간다. 아무래도 울음을 터뜨려야만 할 것 같은데, 그 대신 내 내면은 뭐라 설명하기 힘든 어두운 기쁨으로 가득 채워진다. 이 남자는 나를 위험하고 영향력 있는 인물로 여기는 것이다. 그것도 정작 나는 아무것도 모르는 영역에서. "대체 뭐가 웃긴 거야?" 그가 소리치는 걸 보니 내가 거기 앉아 미소를 짓고 있었던 게 틀림없다. "나가!" 그는 문을 가리키고, 나는 서둘러 밖으로 나온다. "다신 내 눈앞에 나타나지 마." 그는 내 등 뒤에 대고 소리 지르고는 문을 쾅닫는다. 물품 보관소에서는 오토센 씨와 에를링이 놀란 표정을 하고 있다. 그들은 대체 무슨 일이냐고 내게 묻고, 나는 자랑스레 얘기해 준다. 오토센 씨가 어깨를 으쓱한다. "당신은 젊어요. 그리고 보수도 적게 받고 일하니까 다른 일을 쉽게 찾을 수 있을 거예요. 게다가 당신은 자기 몸만 챙기면 되겠죠. 나는 아내도 있고 아이도 넷이나 딸려 있어서 입을 다물어야 할 것 같네요." 하지만 에를링은 내가 내 의견을 혼자만의 비밀로 남겼어야 했다고 말하고, 나는 화가 나서 그에게 쏘아붙인다. "여기 덴마크에서 혁명 같은 게 일어날 일은 없겠네요. 자기 목을 걸지 않는 당신 같은 사람들이 있는 한은요." 그런 다음 나는 화가 난 채로 총무실로 들어가 비서들에게 내 수표를 달라고 한다. 수표는 이미 나를 기다리고 있다. 집으로 돌아가는 길 위에는 눈이 높다랗게 쌓여 있고, 얼음처럼 차가운 바람이 휙휙 소리를 내며 내 코트 속을 곧장 파고든다. 신념 때문에 시련을 겪은 나는 아버지에게 이 이야기를 털어놓고픈 마음이 굴뚝같다. 마치 잔 다르크나 샤를로트 코르데[6]처럼, 나 역시 세계 역사에 이름을 새겨 넣을 한 명의 젊은 여성이 된 것 같다. 그러기에는 시 쓰는 속도가 너무 느리기는 하지만, 뭐 어쨌든 말이다. 나는 허리를 똑바로 펴고 고개를 높이 든 자세로 계단을 올라가고, 상처 입은 존엄을 가득 품은 채 들어선 거실에서는 아버지가 세상을 향해 등을 보인 자세로 누워 자고 있다. 왜 이렇게 집에 일찍 왔느냐고 묻던 어머니는 내 이야기를 듣더니 자신과 상관없는 일에는 말려들지 말아야 한다고 말한다. 그러더니 그 일자리는 좋은 자리였고, 끊임없이 직장을 바꾸는 여자와 결혼하려는 남자는 아무도 없다는 식으로 말을 이어 가며 점점 화를 낸다. 어머니는 이번에는 나를 지지해 주지 않고, 그래서 나는 아버지가 깨어나도록 큰 소리로 목을 가다듬고 식탁에서 약간의 소음을 낸다. 드디어 아버지가 깨어난다. 어머니는 일어나 앉아 눈을 비비는 아버지에게 말한다. "토베가 잘렸어. 이게 다 당신이 노동조합에 대해 떠들어 대던 헛소리

---

6   1768~1793. 프랑스 혁명 당시 정치가인 장 폴 마라를
    암살했으며 이후 단두대에서 처형되었다.

가 재 머릿속에 박혀 버려서 그런 거잖아." 자세한 내용을 들은 아버지의 얼굴에 노기가 떠오른다. "도대체 넌 네가 누구라고 생각하는 거냐?" 아버지가 소리를 지르며 주먹으로 식탁을 내리치는 바람에 식탁 고리에 걸린 가벼운 비품들이 춤추듯 출렁인다. "거기서 이제야 제대로 된 일자리를 얻었는데 그런 어리석은 일로 쫓겨나다니. 넌 정치에 대해서는 아무것도 몰라. 지금은 안 좋은 시기고, 파업 파괴자는 돼지 먹이로 줘도 될 만큼 많아. 하지만 너, 다음번에 얻는 일자리는 계속 유지해야 한다. 아니면 넌 꼭 네 엄마처럼 될 거야." 에드빈이나 나 때문에 문제가 생길 때면 언제나 그랬듯, 그들은 서로를 잡아먹을 듯 노려본다. 나는 입을 다문다. 내가 이 둘에게서 뭘 기대했던 건지 정말로 모르겠다. 어쨌든 그 몇 분이 지나는 동안 나는 정치와 붉은 깃발들과 혁명에 대해 갑작스레 일깨워졌던 관심을 잃어버린다. 에를링과 나는 몇 번쯤 더 토요일에 영화를 보러 간다. 그러고 나서 그는 벽에 기대 서서 나를 기다리는 일을 그만둔다. 그가 내 외로움을 덜어 주었기에 나는 그를 조금 그리워한다. 하지만 그보다 훨씬 더 그리워하는 건 내가 처음으로 진짜 시를 썼던 곳, 금속 상자들이 쌓인 다락 창고다. "네 젊은 남자 친구는 어떻게 됐니?" 한때 학교 선생님의 장모가 되는 꿈을 꾸었던 어머니가 묻는다. "다른 사람이랑 사귀어요." 내가 대답한다. 그러자 성격상 모든 일에 아주 구체적인 이유들을 만들어 붙여야만 하는 어머니는 이렇게 말한다. "너 외모에 신경 좀 더 써야겠다. 그놈의 자전거 대신에 봄에 입을 정장을 사야겠어. 자연 미인도 아닌데 조치를 좀 취해야 하지 않겠니." 어머니는 내게 상처를 주려고 이런 말들을 하는 게 아니다. 어머니는 그저 다른 사람들의 내면에서 무슨 일이 일어나는지에 대해 철저히 무지할 뿐이다.

8

"내가 누구 닮았는지 알겠어요?" 룅렌 양이 퉁방울 같은
두 눈으로 나를 노려보고 있지만, 나는 그가 누굴 닮았
는지 감도 잡을 수가 없다. 그러자 룅렌 양은 두 눈썹을
올렸다 내렸다 하며 미소 짓는다. 어쩌면 채플린을 약
간 닮은 것 같기도 하지만 나는 감히 그 말은 하지 못
한다. 룅렌 양은 기분이 쉽게 상하는 사람이다. 안 그래
도 그는 벌써 초조하게 얼굴을 찡그리고 있다. "영화 같
은 건 보러 안 가나 봐요, 자기는?" 룅렌 양이 묻는다.
"아뇨, 가는데요." 나는 겨우 대답하며 헛되이 머리를
짜낸다. "그럼, 내 옆얼굴 좀 봐봐요." 룅렌 양이 고개

를 돌리며 말한다. "이제 알겠죠. 다들 그러더라고요."
그의 옆모습 역시 코가 비뚤어졌고 턱선이 흐릿하다는
것 말고는 아무것도 말해 주지 않는다. 내가 고생하고
있는 와중에 전화벨이 울린다. 룅렌 양이 수화기를 집
어 든다. "I.P. 옌센입니다." 그는 언제나 높고 위협적인
톤으로 그 말을 하고, 나는 전화선 반대편에 있는 사람
이 어떻게 용무를 말할 엄두를 내는지 알 수가 없다. 전
화로 주문이 들어왔고, 룅렌 양은 왼손에 든 수화기를
오른쪽 귀에 댄 채 주문을 받아 적는다. 전화를 끊은 그
는 이렇게 말한다. "그레타 가르보. 이제 알겠죠, 그죠?"
"아, 그러네요." 나는 같이 웃어 줄 누군가가 있었으면
좋겠다고 생각하며 대답한다. 하지만 그럴 누군가는 없
다. 여기서 나는 기묘한 방식으로 혼자가 된다. 나는 어
느 석판 인쇄소 사무실에 고용되어 있다. 맨 안쪽 방에
는 '마스터'라고 불리는 이곳의 소유권자가 살고 있다.
그가 방에 있을 때면 방문은 언제나 닫혀 있다. 총무실
에는 책상이 두 개 있다. 그중 한 책상은 마스터의 아들
중 한 명인 카를 옌센의 자리다. 그는 룅렌 양의 의자를
등지고 앉는다. 룅렌 양은 전화기와 교환대를 사이에
두고 내 맞은편에 앉는다. 우리의 책상 끝에는 타자기
한 대가 놓인 작은 테이블이 있고, 나는 그 타자기 사용
법을 배우기로 되어 있다. 하지만 하루가 다 가도록 내

가 하는 일은 하나도 없고, 내가 채용된 이유를 아는 사람조차 아무도 없는 것 같다. 사무실 위층에는 주거용 공간이 한 칸 있는데, 그곳은 마스터의 다른 아들인 스벤 오게가 사는 곳이다. 석판 인쇄공인 그는 마당 건너편에 있는 인쇄소에서 작업을 한다. 카를 옌센은 말랐고 움직임이 다람쥐처럼 빠르다. 그의 갈색 눈은 살짝 사시인 데다 한데 몰려 있어서 속을 알 수 없다는 인상을 준다. 그는 내게 말을 거는 법이 없고, 그와 룅렌 양이 둘 다 있을 때면 그 둘은 내가 투명 인간이라도 된 것처럼 행동한다. 그들은 서로에게 엄청나게 시시덕거리고, 빙글빙글 돌아가는 회전의자에 앉은 카를 옌센은 가끔씩 몸을 돌려 룅렌 양에게 키스하려고 한다. 그러면 기분이 좋아진 룅렌 양은 그를 찰싹 때리며 큰 소리로 웃는다. 나이 많은 그 둘이 그러는 광경은 퍽 우스꽝스러워 보인다. 마스터가 사무실 안을 지나갈 때면 그들은 언제나 일거리 위로 몸을 바짝 굽히고, 나는 재빨리 숫자나 단어 몇 개를 적어 넣었다가 나중에 천천히 조심조심 지운다. 카를 옌센은 상당히 자주 사무실을 비우는데, 그럴 때마다 나는 룅렌 양의 시선이 나를 떠나지 않으면서 주의 깊게 관찰하고 있음을 느낀다. 그는 내 모든 움직임에 말을 얹는다. "왜 항상 시계를 보고 있어요? 그런다고 시간이 빨리 가는 것도 아닌데."

"손수건 없어요? 그렇게 훌쩍거리니까 신경이 쓰인다고요." "문 닫으려고 자리에서 일어나는 게 왜 항상 나여야 되죠? 자기도 젊은 건 마찬가지잖아." '마찬가지'라는 말이 나를 놀라게 한다. 어느 날 룅렌 양은 자기가 몇 살쯤 돼 보이냐고 내게 묻는다. 나는 그가 최소한 쉰 살은 됐을 거라고 확신하고는 조심스럽게 입을 연다. "마흔 살이요." "서른다섯이거든요." 기분이 상한 그가 투덜거린다. "그리고 심지어 그보다 젊어 보인다는 사람들도 있는데." 내가 아주 조용히 하려고 애쓰면서 내 시선을 애매한 위치에 둘 때면 룅렌 양은 늘 이렇게 말한다. "지금 졸린 거예요? 한 달에 50크로네를 받으면 뭔가 조금은 일을 해야 되잖아." 공교롭게도 나는 하품을 하고, 그는 단호한 목소리로 밤에 잠을 자기는 하냐고 묻는다. 이런 말들을 하루 종일 들어야만 하는 나는 저녁이 되어 집에 오면 하숙집에서 일할 때와 마찬가지로 녹초가 되어 있다. 하지만 사무실에서 일하기를 원했던 사람은 나다. 열여덟 살이 될 때까지는 버텨야만 한다. 충격적인 결론이다. 나는 수주한 작업 주문들을 공책에 기록하고, 그 일은 한 시간이면 끝난다. 룅렌 양은 너무 시끄럽다는 이유로 내가 타자 연습을 하는 걸 좋아하지 않는다. 어느 날 마스터가 소심한 목소리로 내가 교환대를 맡을 수 있느냐고 룅렌 양에게 묻자,

룅렌 양은 화를 내며 자기는 손님들에게 등을 보이며 앉고 싶지 않다고 주장한다. 내 등 뒤에 있는 접수대 얘기다. 예약 없이 찾아오는 손님들은 거기서 주문을 접수하는 것이다. 마스터는 아무래도 나만큼이나 룅렌 양이 두려운 듯하다. 마스터는 체구는 작지만 육중해 보이는 남자로, 모공이 눈에 띄는 코는 파랗게 질려 있다. 룅렌 양은 그 코가 아무 이유 없이 그렇게 된 게 아니라고 한다. 마스터를 찾아야 할 때마다 룅렌 양은 언제나 티볼리에 있는 그뢰프텐 식당에 전화하는데, 그곳은 그가 사무실을 비울 때마다 변함없이 찾아가 시간을 보내는 장소다. 이따금씩 마스터는 나를 불러 타자로 쳐야 하는 종이쪽지 몇 장을 건넨다. 그것들은 모두 '친애하는 형제에게'로 시작해서 '형제의 인사를 전하며'라는 인사와 서명으로 마무리되는 편지다. 가끔씩 그 편지들은 세상을 떠난 어떤 형제에 대한 내용을 담고 있다. 나는 그 형제가 지녔던 여러 훌륭한 자질, 특히 다른 형제들에게 보여 주었던 훌륭한 점들을 타자로 옮기면서 뭉클해한다. 그의 가족 내에는 드물게 아름다운 친밀함이 흐른다는 생각이 들기도 한다. 어느 날 용기를 낸 나는 룅렌 양에게 마스터의 형제가 몇 명이나 되느냐고 묻고, 룅렌 양은 큰 소리로 웃음을 터뜨린다. "그 사람들, 전부 마스터가 소속돼 있는 수도회 지부의 형제들이에요. 마스터는 성 게오르게 수도회 회원이거든요." 나중에 룅렌 양이 마스터의 아들에게 그 이야기를 전하자 그는 그런 바보가 어떻게 생겼는지 보려고 의자를 한 바퀴 빙글 돌린다. 금요일 저녁마다 나는 인쇄소를 돌아다니며 급료 봉투를 나눠 주는데, 이 일은 작은 시련으로 느껴진다. 직원들이 내게 재치 있고 참신한 말을 던지지만, 내 머릿속에는 대답이 곧잘 떠오르지 않기 때문이다. 간호 용품 회사에서 느꼈던 것 같은 소속감은 없다. 아버지는 이 일자리가 내가 지금껏 얻었던 것 가운데 최고라고, 여기 계속 다니지 못한다면 거기에 대해선 변명의 여지가 없다고 한다. 나를 포함한 이곳의 모든 직원은 노동조합 조합원이다. 조합비는 마스터가 내고, 내가 들으러 가게 될 속기 수업의 수업료도 마스터가 낼 것이다. 내가 작성하는 문서라고는 오직 '형제들'에게 보내는 글뿐인데 왜 속기를 배워야 하는 건지는 모르겠다. 룅렌 양은 청구서와 업무용 편지를 쓴다. 나는 룅렌 양이 나를 채용하는 데 반대했고, 지금은 내가 아무것도 배우지 못하게 막고 있다는 느낌을 받는다. 나는 아침 8시부터 저녁 5시까지 자리에 앉아 룅렌 양을 빤히 쳐다보면서 지쳐 간다. 나는 이때껏 이런 사람을 만나 본 적이 없다. 가끔씩 룅렌 양은 친절하게 굴면서 내게 질문을, 예를 들면 사과를 먹겠느냐는 질문 따위를 한다. 그러고는 사과를 건네주지만, 내가 그것을 입 속에서 와삭와삭 씹으면 그는 이마를 찡그리며 이렇게 말하는 것이다. "시끄러운 소리 안 내고는 사과도 못 먹어요?" 그리고 내가 화장실에 좀 자주 간다 싶으면 그는 내게 소화 불량이냐고 묻는다. 어느 날 룅렌 양은 자기 조카딸이 견진 성사를 받는다면서 거기서 부를 노래 가사를 쓸 수 있는 사람을 아느냐고 묻는다. 나는 그저 그를 놀라게 하고 싶은 마음에 내가 쓸 수 있다고 대답한다. 그는 미심쩍어 하는 표정으로 나를 본다. "잘 써야 돼요." 룅렌 양이 말한다. "신문 매점 진열창에 전시돼 있는 것들처럼요." 내가 잘 써 보겠다고 약속하자 그는 마지못해 기회를 준다. 요청받은 대로 「행복한 구리세공인」의 곡조에 맞춰 쓴 노래 가사를 본 룅렌 양은 감동한다. "진짜로 훌륭하네. 돈 내고 듣는 곡들만큼이나 괜찮잖아." 룅렌 양이 그 가사를 마스터의 아들에게 보여 주자 그가 룅렌 양에게 말한다. "아니, 세상에 이럴 수가. 디틀레우센 양이 이럴 줄은 몰랐는데요." 그는 자기 의자를 빙글 돌리고는 속을 알 수 없는 두 눈에 호기심을 담은 채 나를 빤히 쳐다본다. 언제나처럼, 그는 나에게는 아무 말도 하지 않는다. "맞아요." 룅렌 양이 말한다. "그런 무언가는 재능이죠." 내게는 그들 둘 다 몹시 멍청해 보인다. 룅렌 양은 심지어 덴마크어조차 제대로 하지 못한다. 예를 들자면 그는 '아무튼'이라는 말을, 그것도 자주 쓴다. 또 자기가 하는 말을 강조하고 싶을 때면 항상 "내가 말하는데, 그리고 계속 말할 건데, 그건……." 하는 식으로 말한다. 물론 정말로 그 얘기를 계속 이어 가지는 않는다. 이렇게 의미 없는 방식으로 2년을 더 보내야 한다고 생각하면 거의 참을 수가 없다. 저녁에 집에 오면 거의 언제나 이위테가 와 있는데, 그와 어머니가 대화하는 걸 듣는 일 역시 나를 지치게 만든다. 나보다 나이가 많고 금발에다 얼굴도 예쁜 이위테는 자기가 남자들에게 너무 빨리 싫증을 내는 성격이라 결혼은 절대 못할 것 같다고 한다. 제법 많은 연인들을 연달아 사귀어 온 그는 가장 최근의 연인에 관한 이야기로 언제나 우리 어머니를 즐겁게 해 주고 있다. 그들은 그 이야기를 하며 많이 웃지만, 나는 여기에도 낄 수가 없다고 느낀다. 아버지는 큰 소리로 코를 곤다. 나는 아버지가 일하러 나가고 이위테가 자기 아파트로 돌아갈 때까지 잠들지 못한다. 나는 내가 왜 사람들을 거의 참아 내지 못하는지, 그들이 어떤 방식으로 이야기를 해야 내가 기꺼이 들을 수 있을지 모르겠다. 그들은 크로그 씨 같은 방식으로 이야기를 해야 할 것이다. 길을 걸을 때마다 나는 모퉁이를 돌고 있는 저 사람이, 아니면 길을 가로질러 가는 저 사람이 크로그 씨일 거라고 생각한다. 나는 그를 따라잡으려고 달려가지만, 그 사람이 크로그 씨였던 적은 한 번도 없다. 한때 그가 살던 건물이 있던 곳에는 새 건물이 올라가는 중이고, 나는 귀가하면서 그 길을 통과할 때는 절대 그쪽을 쳐다보지 않는다. 전화번호부에서 그를 찾아보면 된다는 걸 알지만, 내 자존심이 그 일을 못 하게 한다. 나는 그에게 아무 의미도 없는 사람이었다. 나는 그저 그를 잠깐 동안 즐겁게 해 주었고, 그러고 나자 그는 어깨를 으쓱하고 등을 돌려 버린 것이다. 하지만 나는 요즘의 생활 속에서 시들어가고 있어서, 다른 무언가를 생각해 내야만 한다. 나는 「폴리티켄」지 광고면에 실려 있던 '구인: 연극 및 음악'이라는 제목의 광고를 기억해 낸다. 그건 저녁에 하는 어떤 일일 테지. 이제 나는 밤 10시까지 외출해 있을 수 있다. 음악은 내가 진입할 수 없는 영역이지만, 배우라면 해 보고 싶은 마음이 있다. 나는 아마추어 극단에서 연기할 배우를 찾는 광고를 보고 아무도 모르게 지원한다. 그러자 '극단 쉭세'[7]라는 곳에서 편지 한 통이 온다. 거기에는 그 극단이 아마게르에 있는 어느 식당

---

7   Succès. '성공'을 뜻하는 프랑스어다.

에서 모이는데, 어느 특정한 날 저녁에 내가 그리로 와 주었으면 좋겠다고 적혀 있다. 어머니가 고집을 부리는 바람에 자전거 대신 구입했던 갈색 정장을 입은 나는 시가 전차를 타고 그 식당으로 간다. 그리고 거기서 진지한 얼굴을 한 세 명의 청년과 나처럼 모임에 처음 나온 한 젊은 여자와 인사를 나눈다. 우리가 테이블에 앉자, 대표는 〈아그네스 아줌마〉라는 아마추어 희극을 상연할 계획이라고 이야기한다. 대본을 가져온 그는 잠깐 동안 나를 평가하듯 훑어본 뒤에 내가 아그네스 아줌마를 연기하면 되겠다고 결정한다. 그는 그 역이 내게 놀랄 만큼 잘 어울리는 코믹한 역할이라고, 물론 아그네스 아줌마는 대략 일흔 살쯤 되지만, 그건 분장을 약간 하면 쉽게 해결되는 문제라고 한다. 연극에는 한 젊은 커플도 나오는데, 남자는 대표 자신이, 여자는 카르스텐센 양이 연기할 거라고 한다. 나는 젊은 여자를 훑어보고는 무척 아름답다고 생각한다. 여자의 머리는 백금발이고, 두 눈은 짙은 푸른색이며, 치아는 하얗고 완벽하다. 나는 이 여자가 맡은 역할을 내가 할 수는 없다는 사실을 어렵지 않게 깨닫는다. 그래도 일흔 살짜리 웃기는 할머니 역으로 데뷔하게 될 줄은 몰랐다. 역할이 배정되자 우리는 각자 대사를 외우고 나서 다시 만나기로 하고, 커피를 한 잔씩 마시고 헤어진다. 카르스텐센 양과 나는 시가 전차를 타는 곳까지 함께 걸어간다. 그는 나를 이름으로 불러도 되겠느냐고 묻는다. 그의 이름은 니나고, 뇌레브로에 산다. 나는 왜 지원을 했느냐고 그에게 묻는다. "지루해서 죽을 것 같았거든요." 그가 대답한다. 니나는 걸으면서 엉덩이를 살짝살짝 흔들고, 나는 그와 함께 있어서 벌써부터 행복하다. 니나는 열여덟 살이고, 나는 우리가 친구가 될 거라고 믿어 의심치 않는다.

9

우리 극단 대표의 이름은 감멜토르다. 그는 스물두 살이
고 아내와 아이가 있다. 우리는 그의 집에서 연습을 하
는데, 그의 아내는 소음 때문에 아기가 자꾸 잠에서 깨
는 바람에 화가 나 있다. "제 아내가 예술에 대한 감각
이 없어서요." 감멜토르가 사과하듯 말한다. 하지만 그
에게는 감각이 있다. 그는 우리에게 지시할 때면 유명
지휘자처럼 머리와 두 팔과 두 다리를 골고루 쓰면서
화를 내고 소리치고 애원한다. 대사에 좀 더 영혼을 담
고 우리 자신을 배역 속에 던져 넣으라고, 그는 거의 눈
물을 글썽이면서 주문한다. 아그네스 아줌마는 무척 어

리석고 잘 속아 넘어가는 인물이라서 젊은 커플에게 바보 취급을 당한다. 그게 이 연극의 코믹한 부분이다. 대사 자체는 그렇게 우스꽝스럽지 않고, 양도 얼마 되지 않는 데다 짤막하다. 작품의 클라이맥스는 아그네스 아줌마가 두 손으로 찻쟁반을 들고 거실로 들어오는 장면이다. 젊은 커플이 2인용 소파에 앉아 꼭 끌어안고 있는 걸 본 아줌마는 쟁반을 떨구고는 손바닥을 맞부딪히며 입을 연다. "신이시여, 우리 모두를 구하소서!" 아줌마가 그렇게 말하면 극장은 웃음으로 떠나갈 듯해야 한다고 감멜토르가 말한다. 그런데 나는 그 대사를 책 읽듯이 하고 있다고! "다시!" 그가 으르렁댄다. "다시!" 마침내 나는 대사에 놀란 기색을 충분히 집어넣는 데 성공한다. 대표는 쟁반 위에 진짜 찻잔들이 놓여 있으면 좋겠다고 말하지만 그의 아내는 그것들을 내주지 않는다. 집에 돌아온 내가 거실에서 아그네스 아줌마 연기를 선보이자 어머니는 엄청나게 열광한다. "어쩌면 너, 진짜로 배우가 될 수도 있겠네. 네가 노래를 못해서 유감이구나." 어머니의 말이다. 니나는 노래를 할 수 있다. 그는 감멜토르와 듀엣으로 연가를 부르면서 트릴[8]

---

8   본디음과 그 2도 위의 도움음을 떨듯이 오가는 꾸밈음

을 소화해야 하는데, 내가 듣기에는 매우 아름답게 해
내는 것 같다. 연극은 아마게르에 있는 스티에르네크로
엔 식당에서 공연될 예정이다. 감멜토르의 말로는 끝
난 뒤에 댄스파티가 있어서 객석이 꽉 찰 것 같다고 한
다. 니나와 나는 정말로 그날을 기대하고 있다. 니나는
코르쇠르 출신인데, 삼림 감독관인 니나의 약혼자는 아
직 그곳에 산다. 그 약혼자도 첫 공연에 오기로 했다.
「베를링스케 티엔데」의 구인 광고 부서에서 일하는 니
나는 뇌레브로의 셋방에서 산다. 난방이 안 되는 그 우
울한 방에서, 우리는 코트를 그대로 입은 채 침대 가장
자리에 앉아 앞으로의 계획을 서로에게 털어놓는다. 얇
은 벽 건너편에서는 그 집의 난로 불꽃이 맹렬히 타오
르는 소리가 들려온다. 니나는 시골에서 살고 싶기 때
문에 언젠가 삼림 감독관과 결혼할 예정이고, 그때까지
는 코펜하겐에서 청춘을 즐기며 재미있게 지낼 생각이
다. 니나는 연극 때문에 바쁜 시기가 좀 지나가면 선술
집에 가서 함께 춤출 상대를 찾아보자고 한다. 여자는
혼자서는 술집에 앉아 있을 수 없지만 두 명이 함께라
면 문제될 게 없다. 나는 사람들은 언제나 서로를 어딘
가에 이용하고 싶어 한다는 크로그 씨의 말을 기억해
내고, 니나가 내게서 일종의 쓸모를 찾아냈다는 사실에
기쁨을 느낀다. 니나를 만난 뒤로 나는 예전만큼 자주

루트를 생각하지 않는다. 그 문제에 관해 말하자면, 루트가 부모님과 함께 이사를 가는 바람에 이제 저녁에 귀가하면서 그 애를 볼 수가 없다. 니나는 코르쇠르에 호텔 한 채를 갖고 있는 할머니 댁에서 자랐다고 한다. 니나의 어머니는 코펜하겐에서 결혼하지 않은 채로 어떤 남자와 같이 산다. 그의 어머니는 가난하고, 남의 집을 청소하는 일을 한다. 니나는 언제 한번 저녁에 자기와 같이 집에 가서 자기 어머니를 만나 보자고 한다. 우리 어머니는 니나를 만나고 싶어 하지 않는다. "걔는 왜 코펜하겐에 산다니?" 어머니가 말한다. "자기 약혼자가 코르쇠르에 있는데? 네 여자 친구들은 하나같이 나쁜 영향만 끼치는구나." 사무실에서는 룅렌 양이 엄한 목소리로 캐묻는다. "요즘 굉장히 행복해 보이네. 집에 무슨 좋은 일 있어요?" 나는 겁에 질려 아니라고 대답하고는 덜 기뻐 보이려고 노력한다. 베스테르볼가데에 가서 듣는 속기 수업은 무척 재미있어서 가끔은 오직 속기 기호로만 생각을 펼쳐 본다. 어느 날 저녁, 집에 가려고 사무실을 나서는데 에드빈이 밖에 서 있다. 무척 행복한 얼굴이다. 집까지 함께 걸어가는 동안 에드빈은 보르딩보르 출신의 그레테라는 젊은 여자와 곧 결혼할 거라고 말한다. 비밀리에 결혼할 예정인 그들은 벌써 쉬드하우넨에 있는 아파트 한 칸을 찾아 두었다. 나는 음울한 질투로 가득 차서 그의 벅찬 마음을 제대로 나눠 갖지 못한다. 에드빈은 어머니와 아버지에게는 결혼식이 끝난 다음에 알릴 거라고 한다. "엄청 화를 내실 텐데." 나는 그렇게 말하면서 부모님이 약간 안됐다는 생각을 한다. "어머니가 어떤지 알잖아." 에드빈은 그저 이렇게 말할 뿐이다. "어머니는 나한테 여자 친구가 생기면 겁을 줘서 쫓아내 버린다고." 나는 그에게 그 점에 있어서는 내가 더 편할 것 같다고 말한다. 왜냐하면 비록 만나지는 못했지만, 어머니는 에를링을 몹시 마음에 들어 했으니까. 에드빈은 그게 대부분의 집에서 일어나는 일이라 별로 특별한 게 아니라고 한다. 그는 내게 시 쓰는 건 잘 되어 가는지, 또 다른 편집자에게 시를 보여 줄 생각인지 묻는다. "그 사람들이 전부 다 죽지는 않을 거 아냐." 나는 내가 조금씩 더 나은 시를 쓰기 시작했지만, 충분히 잘 쓰게 될 때까지는 그런 시도를 다시 하고 싶지 않다고 대답한다. 하지만 에드빈은 내가 쓴 동시들이 교과서와 신문에 실리는 작품들만큼이나 괜찮다고 생각하고, 최근이 되어서야 겨우 나 자신을 발견한 나는 좋은 시와 나쁜 시의 모호한 차이점을 설명할 수가 없다. 그렇게 우리 집 현관 앞에 도착한 우리는 몸을 덥히려고 발을 구르며 잠깐 더 이야기를 나눈다. 에드빈은 나와 같이 올라가고 싶어 하지 않는다. 그랬다간 어머니는 우리가 집까지 같이 걸어왔다고 생각할 텐데, 어머니는 그게 뭐든 간에 우리가 자신을 빼놓고 무언가를 공유하는 것을 좋아하지 않기 때문이다. 게다가 에드빈은 4년간의 힘든 견습 생활 동안 아버지에게 쌓인 해묵은 원한을 아직 다 털어 내지 못했다. "내 기침은 그 인간 덕분이잖아." 씁쓸한 그 말에는 약간의 남 탓도 담겨 있다. 에드빈은 이제 스무 살이다. 면도를 마친 그의 턱 주위 피부는 색깔이 짙어져 있다. 검은 곱슬머리는 이마를 덮었고, 갈색 눈은 아버지의, 그리고 크로그 씨의 눈을 닮았다. 언젠가 나는 갈색 눈을 지닌 남자와 결혼할 것이다. 그러면 아마 내 아이들도 갈색 눈을 가지게 되겠지. 나는 열여덟 살에 첫 아이를 갖게 될 것 같다. 내가 아직 처녀라는 사실에 완전히 충격을 받은 니나는 그 사실을 가능한 한 빨리 고쳐야 할 결함으로 여긴다. 니나는 들은 얘기가 하도 많아서 자기도 무서웠다고, 하지만 실제로 해 보니 굉장히 좋았다고 한다. 니나는 스티에르네크로엔에서 열릴 댄스파티를 위해 몸에 착 붙는 긴 실크 원피스를 한 벌 샀다. 등이 깊이 파인 그 옷은 외상으로 가져 온 거였는데, 나는 200크로네나 되는 그 옷값을 니나가 대체 어떻게 갚을 생각인지 짐작도 하지 못한다. 웃음을 터뜨린 니나는 당연히 자기는 가게에 본명을 알려 줄 만큼 정신이 나가지는 않았다고 이야기하고, 나는 내가 엄두도 내지 못하는 일을 누군가가 과감히 해 버리는 걸 볼 때마다 늘 그랬듯 깊은 감명을 받는다. 스티에르네크로엔에 도착한 우리는 의상을 입고 분장을 하느라 바쁘다. 나는 감멜토르네 할머니의 검은 원피스를 입고 있다. 원피스 자락은 바닥까지 닿고, 옷 안쪽에는 윗배 주위에 베개 하나를 끈으로 묶어 둘렀다. 머리에는 회색 실로 만든 가발을 쓰고, 얼굴에는 감멜토르가 검은 선들을 그려 넣었다. 주름살이 될 선들이다. 몸 구석구석이 류머티즘에 시달리고 있다는 설정이라 나는 잭나이프처럼 몸을 구부리고 걸어야 한다. 우리는 커튼에 난 구멍으로 밖을 엿보고, 우리의 가족들을 내려다보면서 그들 모두가 와 있는지 확인하려고 숫자를 헤아린다. 그들은 그저 앞쪽 서너 줄만 채우고 있을 뿐이다. 홀의 나머지 자리는 앉아서 하품을 하고 있는, 그저 춤을 추려고 왔기 때문에 연극에는 전혀 관심이 없는 몇몇 젊은 사람들을 빼고는 거의 비어 있다. 니나는 내게 자기의 삼림 감독관을 보여 준다. 로살리아 이모 바로 뒷자리에 앉아 있는 그는 이 모든 것에 대해 냉담해 보인다. 그도 그럴 것이, 니나는 자기가 코펜하겐에서 사는 걸 그가 몹시 반대한다고 했었다. "저분은 뭐 때문에 화가 나 있는 거죠?" 우리와 함께 보고 있던 감멜토르가 묻는다. 그때

밴드 연주가 시작되고 커튼이 올라간다. 내 심장은 흥분으로 세차게 뛴다. 내가 연기하는 아그네스 아줌마가 누구 하나라도 웃게 할 수 있을지 모르겠다. 그런데 관객들이 놀라울 만큼 작품을 잘 받아들인다. 그들은 손뼉을 치며 즐거워하고, 한 막이 끝날 때마다 감멜토르는 이 작품이 성공할 수밖에 없겠다고 말한다. "메모장에 뭔가 적어 넣고 있는 저 남자 본 적 있어요? 「아마게르블라데트」지 기자인데 큰 건이라 취재하러 온 게 분명해요." 마침내 내가 두 손에 든 쟁반으로 2인용 소파에 앉은 젊은 커플을 놀라게 하는 그 순간이 찾아온다. 나는 쟁반을 떨어뜨리고, 손바닥을 부딪히고, 소리친다. "신이시여, 우리 모두를 구하소서!" 그와 동시에 무대 입구 뒤쪽에 있던 문이 열리면서 내 머리에서 가발이 벗겨져 날아간다. 충격에 휩싸인 나는 가발을 주워 올리고 싶지만, 소파에서 감멜토르가 고개를 젓는다. 왁자한 웃음소리가 홀에서부터 내 쪽을 향해 부풀어 오르고 있어서다. 사람들은 웃고 손뼉을 치고 발을 구른다. 오직 니나만이 내게 기분 상한 표정을 지어 보인다. 하긴 스타는 니나여야지 않은가? 커튼이 내려오자 감멜토르가 내 두 손을 붙잡는다. "당신이 공연 전체를 살렸어요." 그가 말한다. "다음 작품에선 당신이 주연을 맡아요." 우리 가족들도 나를 칭찬하고, 에드빈은 내게 재능이 있다고 말한다. 그는 자신 역시 재능은 있지만 기회가 없었다고 생각한다. 에드빈은 한참 동안 나와 함께 춤을 추고, 나는 그런 그에게 고마운 마음이 든다. 에드빈은 춤을 멋지게 추고, 니나는 자기의 삼림 감독관과 춤을 추며 지나가면서 그를 곁눈질한다. 삼림 감독관은 니나보다 키가 작고 전반적으로 니나와 닮은 데가 별로 없다. 에드빈은 우리 어머니 그리고 두 이모와도 춤을 춘다. 자정이 되자 어머니는 우리 모두 집에 가야 한다고 말하고, 그렇게 나는 친구들을 떠나야 한다. 우리가 다시 스트란로스바이에 있는 카페에서 만났을 때 감멜토르는 내게 「아마게르블라데트」지에서 오려 낸 기사를 보여 준다. 거기에는 무엇보다도 이렇게 적혀 있다. '토베 디틀레프센이라는 아주 어린 소녀가 아그네스 아줌마 역할로 대단히 성공적인 연기를 선보였다.' 철자가 잘못되긴 했지만, 태어나서 처음으로 내 이름이 인쇄된 걸 보니 기분이 묘해진다. "그리고 이건." 감멜토르가 의욕 넘치는 목소리로 말한다. "새 연극 〈트릴뷔〉의 대본이에요. 트릴뷔는 어느 마술사의 손아귀에 들어간 불쌍한 어린 소녀예요. 마술사는 트릴뷔에게 억지로 노래를 시키고, 트릴뷔는 아름답게 노래를 부르죠." "그런데 누가," 니나의 말투는 차갑다. "트릴뷔 역을 할 건가요?" "토베가요." 감멜토르가 대답한다.

"그런데 토베는 노래를 할 수 없으니까 그냥 입만 열었다 닫았다 하면 돼요. 그리고 당신이 무대 옆에 서서 노래를 부르는 거죠." 니나의 얼굴이 분노로 새빨개진다. 니나는 핸드백을 집어 들고 일어선다. "전 아무 역할도 안 할 거예요. 토베가 입을 열었다 닫았다 하는 동안 당신이 직접 노래하면 되겠네요. 전 할 만큼 했어요." 나는 공포에 사로잡혀 니나를 빤히 쳐다보다 입을 연다. "저도 아무 역할도 하고 싶지 않아요. 니나가 저보다 더 예뻐요. 그런데 왜 제가 트릴뷔 역을 해야 하죠?" 갑자기 우리는 모두 자리에서 일어선다. 감멜토르가 테이블을 쾅 내리친다. "이 극단이 당신들 거야, 아니면 내 거야?" 그가 고함을 친다. "하." 니나가 코웃음을 친다. "극단 쉭세! 어떤 바보든지 신문에 광고만 내면 대단한 사람인 척할 수 있지. 나는 갈 거야!" "저도요." 나는 그렇게 외치고 뛰쳐나가 니나를 바짝 뒤따라간다. 니나를 따라잡느라 달려야만 한다. 그러다 갑자기, 마치 서로 합의한 것처럼 우리는 제자리에 멈춰 선다. 우리는 두 개의 가로등 기둥 사이에 서 있고, 길은 사람 하나 없이 텅 비어 있다. 공기 속에는 봄의 손길이 감돈다. 후광 같은 근사한 머리칼로 감싸인 니나의 긴 얼굴은 분노 때문에 여전히 찌푸려져 있다. 그러다 갑자기 그가 웃음을 터뜨리고, 나도 따라 웃는다. "그러니까 스타가 될 사람은 너였던 거야." 니나가 웃는다. "아, 정말 재미있다." 우리는 우리가 만들어 낼 뻔했던 광경을 상상해본다. 내가 아무 소리도 내지 않으면서 입을 열었다 닫았다 하며 서 있고, 그동안 관객들에게 안 보이는 곳에 숨은 니나가 성량이 풍부한 목소리로 노래하는 모습을. 우리는 한참을 끊임없이 웃고 나서 우리 둘 다 연극에는 재능이 없다는 사실에 동의한다. 우리는 다른 사람들을 즐겁게 하는 대신에 우리 자신을 즐겁게 할 것이다. 커다랗고 짜릿한 도시에서 자유롭게 활개칠 것이고, 우리와 사랑에 빠질 청년들을 찾아낼 것이다. 보기에도 근사하고 주머니에 돈도 있는 청년들을. 이제 더이상 〈아그네스 아줌마〉를 위해 바보같은 리허설을 하며 저녁 시간을 보낼 필요가 없는 우리에겐 시간이 많다. 그 계획에 있어 딱 한 가지 귀찮은 문제는 내가 밤 10시까지는 집에 들어가야 한다는 건데, 그것만큼은 아직 어떻게 할 수가 없다.

10

로살리아 이모가 입원했다. 어느 날 우리 어머니가 찾아
갔을 때 로살리아 이모는 웃으며 이렇게 말했다고 한
다. "알프리다, 나 다시 젊어졌나 봐." 어머니는 의사에
게 가 보라고 했지만 이모는 가려 들지 않았다. 우리
어머니처럼 이모 역시 몹시 심각한 상황일 때만 의사
를 찾아가는 사람인 것이다. 어머니는 저녁이 되어 퇴
근한 나에게 그 이야기를 들려주었고, 내가 그 수수께
끼 같은 말을 알아듣지 못하자 설명을 덧붙였다. 오래
전에 생리가 멈췄던 이모가 다시 하혈하기 시작했다는
것이다. 그런 일들에 대해서는 하나도 알려 주지 않았

으면서, 어머니는 언제나 내가 뭐든 다 알 거라고 생각한다. 하지만 쓰레기통 구석에서 이루어졌던 성교육에는 확실히 빈틈이 있었다. 어머니가 이모를 설득해 의사에게 데려가기까지 시간이 한참 걸렸고, 마침내 이모가 찾아가자 의사는 곧바로 이모를 입원시켰다. "암이래." 곧 수술을 받게 될 이모는 그게 무슨 소풍이라도 되는 것처럼 말한다. 하지만 어머니는 침울하다. "처음에는 개 남편이더니, 이제는 개야. 하필 그 짐승 같은 놈이 없어지고 이제 막 몇 년쯤 편하게 지내보려는 참에." 어머니는 그 일 때문에 진심으로 걱정하고 불행해한다. 어머니는 아그네테 이모보다 로살리아 이모를 훨씬 더 좋아하기 때문이다. 수술 전날, 나는 어머니와 함께 이모를 면회하러 간다. 이모는 누워서 오렌지를 먹으며 병실의 다른 환자들과 쾌활하게 이야기를 나누는 중이다. 이모는 아파 보이지도 않고 고통스러워하지도 않아서, 어머니가 했던 말들은 사실이 아니었던 것만 같다. 하지만 우리가 작별 인사를 하고 복도로 나오자 간호사 한 명이 다가오더니 이모의 가장 가까운 친척들이 누구냐고 묻는다. 어머니가 그건 우리라고 대답하자 간호사는 어머니에게 들어와서 의사와 이야기를 해 보라고 한다. 그동안 나는 바깥의 긴 의자에 앉아 기다린다. 어머니는 눈이 빨개져서 돌아오더니 병원을 나설 때는 큰 소리로 코를 풀고는 내 팔에 기댄다. "그럴 줄 알았어." 어머니가 코를 훌쩍인다. "내 생각대로야. 수술을 하고 살아날 수 있을지 없을지 모른대." 나는 사무실로 가는 길에 니나에게 전화를 걸어 그날 저녁에 니나네 집에 갈 수 없을 것 같다고 말한다. 어머니를 떠나면 안 될 것 같다. 그리고 이위테는 어머니가 무언가에 대해 기분이 안 좋을 때는 도움이 안 되는 사람이다. 사무실에서는 룅렌 양이 미심쩍은 듯 묻는다. "그래, 이모는 좀 어떠세요?" "암이래요." 나는 엄숙하게 말한다. "그리고 돌아가실지도 모른대요." "흠, 그렇군요." 룅렌 양이 냉정하게 대답한다. "알다시피 우린 모두 죽죠. 이제 일을 해요. 편지들 여기 있어요." 나는 형제들에게 보내는 편지들을 타자로 친다. 마스터가 불러주는 말들을 내가 속기로 받아 썼던 편지들이다. 인쇄소에 가 있던 카를 옌센이 들어오더니 자기 회전의자에 앉는다. 그는 회색 작업복을 입고 한쪽 귀 뒤에 노란 연필 한 자루를 끼우고 있다. 내가 보기에 그는 어떤 작업도 하지 않지만, 생각해 보면 그는 룅렌 양 앞에서 일하는 척을 할 필요가 없는 사람이긴 하다. 그는 룅렌 양에게 따로 하고 싶은 말이 있는데 내가 거기 있어서 곤란해 하는 눈치지만, 나는 계속 차분하게 타자기를 두드린다. 이제 막 타자 속도가 빨라지기 시작한 참이다.

"룅렌." 그는 몸을 뒤로 기대며 자기 얼굴을 룅렌 양의 얼굴 가까이로 가져간다. "2주 뒤면 스벤 오게가 은혼식을 해요. 그를 위해 축가를 써 줄 사람을 구할 수 있을까요?" 속을 알 수 없는 그의 시선이 잠시 스쳐 지나가지만, 나는 고개를 들지 않는다. "이런, 그럼요." 룅렌 양이 말한다. "디틀레우센 양이 할 수 있어요. 그렇죠?" 그 마지막 말들은 커다랗고 새된 목소리로 들려오고, 나는 못 들은 척을 할 용기가 없다. "네." 나는 룅렌 양을 향해 말한다. "물론 할 수 있습니다." "물론 할 수 있답니다." 룅렌 양이 카를 옌센에게 말한다. "아시겠지만 그저 약간의 정보만 주시면 될 거예요. 그동안 무슨 일이 있었나, 뭐 그런 거요." "그건 줄 수 있죠." 카를 옌센의 목소리에는 안도감이 묻어 있다. "내일 가져올게요." 나는 곁눈질로 그를 보다가, 문득 그가 내게 직접 말을 하지 못하는 건 기묘한 형태의 수줍음 때문임을 깨닫는다. 그러자 불편한 기분이 줄어든다. 이 문제는 그의 책임인 것이다. 다음날, 사람들이 — 9시부터 5시 사이에 세상을 자유롭게 돌아다닐 수 있을 만큼 독립적이고, 스스로 정한 목표를 가지고 있는 사람들이 — 햇빛 가득한 바깥에서 지나다니는 동안 나는 축가를 쓴다. 우리 이모가 수술을 받고, 살아서 깨어날지 못 깨어날지 아무도 모르는 상황에서, 나는 그 어처구니없는 노래를 쓴다. 전화가 울리고, 룅렌 양은 마치 아주 뜨거운 무언가를 넘겨주듯 내게 수화기를 건넨다. "자기 전화네요." 그가 엄숙하게 말한다. "젊은 여잔데." 얼굴이 새빨개진 나는 책상을 빙 돌아가 카를 옌센과 룅렌 양 가까이에 서서 전화를 받고, 두 사람은 아무 말도 하지 않는다. 전화를 건 사람은 니나다. 니나에게 전화하지 말라고 해 뒀는데. "안녕. 그냥 듣기만 해. 내가 어제 헤이델베르에서 진짜 괜찮은 남자를 만났거든. 그 사람한테 친구가 있는데 그 친구도 귀여워. 키 크고, 우울해 보이고, 암튼 다 괜찮아. 네가 좋아할 것 같아. 오늘 밤에 우리가 거기 간다고 약속했어. 그럼 그 두 사람도 거기 오겠다고 했어." "안 돼." 나는 낮은 목소리로 대답한다. "나 오늘 밤에는 안 돼. 집에 있어야 돼." "왜?" 니나가 묻고, 나는 당황해서 다음에 말해 주겠다고 속삭인다. 지금은 바쁘다고. 기분이 상한 니나는 나더러 이상하다고 한다. 마침내 나한테 어울리는 남자를 찾아냈는데 정작 내가 만나기 싫어하다니. "나 가 봐야 되거든. 바빠서. 안녕." 나는 더듬더듬 말하고는 수화기를 내려놓는다. "고맙습니다." 나는 그렇게 중얼거리고 내 자리로 돌아온다. "여자 친구예요?" 한참 동안의 숨 막히는 침묵 끝에 룅렌 양이 묻는다. 내가 그렇다고 하자 그는 이렇게 말한다. "목소리가 좀 경박하게 들리던데. 그

나이에는 어떤 부류의 여자 친구를 사귈지 신경을 써야 돼요." "맞아요." 카를 옌센이 맞장구를 치더니 철학자 같은 말투로 덧붙인다. "어떤 면에서는 남자 친구를 사귀는 쪽이 더 낫죠. 최소한 무슨 일이 일어나고 있는지는 알 수 있으니까요." 나는 스벤 오게라는 이름과 운이 맞는 단어가 없다는 사실에 괴로워하며 계속 축가를 써 간다. 보아Boa, 노아Noah, 프로토조아Protozoa[9], 발보아Balboa. 스벤 오게는 말이 없다. 그는 그의 동생이 수다스러운 것만큼이나 조용하다. 그는 자기 아버지처럼 뚱뚱하고, 마치 한쪽 목 근육이 너무 짧은 것처럼 고개가 늘 살짝 기울어져 있다. 그 점 때문에 좀 귀여워 보인다. 두 형제는 사실상 서로 전혀 대화를 나누지 않는데, 스벤 오게는 이 건물 위층에 공짜로 살지만 카를 옌센은 다른 곳에서 자기 돈으로 집세를 내면서 살아야 하기 때문이다. 게다가 마스터가 세상을 떠나면 회사를 물려받을 사람도 장남인 스벤 오게다. "슬픈 일이죠." 룅렌 양이 감상적으로 읊조린다. "혈연에도 강약이 있다는 것 말이에요." 축가 쓰기를 끝마친 나는 그것을 타자기로 치다가, 갑자기 마스터가 나타나는 바람에

---

9   영어로 '원생 동물문'이라는 뜻이다.

종이를 확 빼내 서랍 속에 쑤셔 넣는다. 내 급여가 특별한 행사에 쓸 시를 쓰라고 주어지는 건 아니니까. 내가 완성한 작품을 룅렌 양에게 건네자, 룅렌 양은 지난번보다 열광적인 반응을 보인다. 그는 내가 새로운 셰익스피어라도 되는 것처럼 빤히 쳐다보더니 말한다. "정말 놀랍네. 여기 좀 보세요, 카를 옌센." 카를 옌센은 가사를 받아들고 죽 읽어 보더니 룅렌 양에게 동의한다. 그러고는 아무 말도 하지 않고 오랫동안 나를 빤히 쳐다보고, 다시 룅렌 양에게 말한다. "어디서 이런 걸 배운 걸까요?" "그건 재능이에요." 룅렌 양은 그렇게 결론을 내린다. "가지고 태어나는 재능이죠. 제 친척 아저씨 중에 노래 가사를 쓸 줄 아는 분이 계셨어요. 그런데 그 일은 그분을 소모시키더라고요. 노래 한 곡을 쓰고 나면 온몸의 힘이 다 빠져나가 버리는 것 같았거든요. 영매들이랑 똑같아요. 그 사람들도 그 일 때문에 완전히 지쳐 버리죠. 피곤하지 않아요, 디틀레우센 양?" 아니, 나는 피곤하지 않았고 온몸에서 힘이 빠져나가지도 않았다. 다만 정말로 간절히, 진짜 시를 쓰는 연습을 할 수 있는 공간을 하나 갖고 싶다. 네 개의 벽이 있고 문이 닫힌 방 안에 있고 싶다. 침대 하나, 테이블과 의자와 타자기 한 대, 아니면 종이 한 뭉치와 연필, 그거면 된다. 아니, 아니다. 잠글 수 있는 문도 있었으면 한다. 열여덟 살이 되어 집에서 이사를 나가기 전까지 나는 이것들 중에 어떤 것도 가질 수가 없다. 금속 상자들이 쌓여 있던 다락이 내가 평화를 누렸던 마지막 장소였다. 그곳과 내 어린 시절의 창턱뿐. 나는 나를 어루만지는 부드러운 5월의 공기를 느끼며 집으로 걸어간다. 이제 저녁 해는 조금 더 길어졌고, 갈색 정장만 입어도 춥지 않다. 정장 재킷은 딱 내 허리까지 오고 치마에는 주름이 잡혀 있다. 그 옷을 입을 때마다 근사하게 차려입었다는 생각이 들면서 유쾌해진다. 니나는 내게 더 큰 옷장이 있어야겠다고 말하지만 나는 돈이 없다. 요즘 나는 모든 끼니를 집에서 해결하는 대가로 한 달에 20크로네씩 낸다. 10크로네는 은행에 저금한다. 그러면 20크로네가 남는데, 의료 보험비를 내고 나면 조금 더 줄어든다. 남은 돈은 거의 다 사탕을 사는 데 쓴다. 초콜릿 가게 앞을 그냥 지나치려면 너무 큰 내적 갈등을 겪어야 하기 때문이다. 그리고 니나와 함께 댄스홀에 갈 때 사 마실 탄산음료 값도 필요하다. 안타깝게도 내게 음료수를 사 줄 청년들은 10시가 되어서도, 내가 밤 생활의 즐거움에 작별을 고해야 하는 그 순간까지도 나타나지 않으니 말이다. 나는 니나가 나를 위해 어떤 남자를 골랐을지 잠시 생각해 본다. 그 남자를 만나러 못 가서 유감이다. 하지만 만약 이모가 돌아가신다면 어머니를 혼자 둘 수가 없다. 집으로 걸어갈 때는 언제나 유아차들 속을 몰래 들여다본다. 쭉 들어 올린 양팔을 주름 장식이 달린 베갯잇 위에 얹은 채 누워 잠든 아이들을 보는 게 너무나도 좋다. 또 나는 어떤 방식으로든 자기감정을 표현하는 사람들을 보는 것도 좋아한다. 나는 아이들을 어루만지는 어머니들을 보는 일을 좋아하고, 공공연하게 사랑에 빠져 손을 잡고 걸어가는 젊은 커플을 따라가 보려고 원래 가던 길에서 기꺼이 조금 벗어나기도 한다. 그런 광경은 내게 단념할 수 없는 행복의 감각을, 미래에 대한 막연한 희망을 준다. 위층으로 올라가자 어머니가 거실에 앉아 나를 기다리고 있다. 어머니의 얼굴은 무척 창백하고, 조금 전까지 울고 있었던 것 같다. 나는 우리 어머니도 좋아한다. 어머니가 단순하고 진실한 감정에 사로잡혀 있을 때만큼은. "네 이모, 안 죽었다." 어머니는 엄숙하게 말한다. "하지만 의사는 그저 일시적으로 늦춰진 거라더라. 지금 중요한 건 네 이모가 뭐가 문제인지 모르게 하는 거야. 절대 로살리아한테 말하지 마라." "안 할게요." 내 대답을 들은 어머니는 커피를 만들려고 나가고, 나는 자고 있는 아버지의 등을 바라본다. 문득, 그가 나이 들고 지쳐 보인다. 정확히 근거를 댈 수는 없지만 어딘가에서 그런 인상이 피어나고 있다. 아버지는 쉰다섯 살이고, 나는 젊은 시절의 아버지가 어땠는지는 전혀 알지 못한다. 어머니는 처음에는 젊었고, 그 다음에는 젊어 보였고, 지금도 여전히 그 불안정한 단계에 머물러 있다. 어머니는 양심의 가책 따위는 없이 자기 나이를 몇 살쯤 낮추는 거짓말을 즐겨 한다. 심지어 자기 나이를 정확하게 아는 우리에게도 그렇게 한다. 어머니는 여전히 머리 염색을 하고 1주일에 한 번씩 한증막에 가는데, 이런 노력들은 나를 일종의 연민으로 가득 채운다. 그 노력들은 어머니의 내면에 있는, 나로서는 이해할 수 없는 어떤 공포를 드러내 주기 때문이다. 나는 그저 지켜볼 뿐이다. 어머니가 식탁에 커피 잔을 내려놓자 아버지가 잠에서 깨어나 눈을 비비며 일어나 앉는다. "얘한테 그 이야기, 했어?" 아버지의 물음에는 불길한 기운이 어려 있다. "아니." 어머니가 차분하게 대답한다. "당신이 하면 되겠네." "우리, 새 아파트를 구했단다." 아버지의 목소리는 쓰디쓰다. "저기 베스텐에. 집세가 한 달에 60크로네인데, 내가 다시 실업자가 되면 그런 돈을 어디서 구할지는 나도 모르겠지만 말이다." "말도 안 되는 소리." 어머니가 격한 말투로 내뱉는다. "20크로네는 토베가 내지, 알잖아." 나는 충격에 빠진다. 내가 분담하는 돈을 토대로 부모님이 자기들의 미래 계획을 세워서는 안 되기 때문이다. 나 몰래 자기

들끼리 계획을 세웠다면 어떤 식으로든 내게 의지해서는 안 된다. 내가 왜 전에는 이 얘기를 안 했는지 묻자, 어머니는 나를 놀라게 해 주고 싶어서 그랬다고 대답한다. 그 아파트에는 방이 세 개 있는데 그중 하나는 내 방이 될 예정이라고 한다. 게다가 거리가 내다보이는 집이라 밖에 무슨 일이 있는지 볼 수도 있다. 나는 결국 약간 행복해지고 만다. 항상 나만의 방을 갖기를 꿈꿔 왔으니까. "아니 빌어먹을." 아버지가 갑자기 날카로워진다. "얘는 그 방에서 뭘 한다는 거야? 앉아서 손톱을 물어뜯나? 아니면 코라도 후벼? 응?" 나는 미칠 듯 화가 난다. 아버지가 자기 자식들에 대해 아무것도 아는 게 없어서다. 그리고 나는 미칠 듯 화가 날 때면 늘 나중에 후회할 말을 한다. "책을 읽고 싶어요." 나는 말한다. "그리고 글도 쓰고요." 아버지는 내게 도대체 무슨 글을 쓰고 싶으냐고 묻는다. "시요!" 나는 소리 지른다. "시를 굉장히 많이 썼고요, 예전에 제 시들이 훌륭하다고 말해 준 편집자도 있었어요." "저것 보라지." 아버지는 커다란 손으로 자기 얼굴을 문지르며 말한다. "쟤도 제정신이 아닌 거야. 쟤가 저런 거 하면서 노닥거리는 거 알고 있었어?" "아니." 어머니의 대답은 퉁명스럽다. "근데 그건 쟤가 알아서 할 일이잖아. 쟤가 글을 쓰고 싶어 한다면 자기만의 방이 있어야 한다는 건 분명해." 아버지는 기분이 상했는지 아무 말도 하지 않는다. 그는 도시락을 집어 들더니 일하러 가려고 재킷을 걸친다. 모자까지 쓴 그는 잠깐 동안 불편한 얼굴로 그자리에 서 있다. "토베." 아버지의 목소리는 부드러워져 있다. "언제 네…… 그…… 시들 좀 나한테 보여 줄 수 있겠니? 내가 그런 걸 좀 아니까 말이야." 내 분노가 흔적도 없이 사라진다. "네, 그럴게요." 나는 말하고, 아버지는 내게 어색하게 고개를 끄덕이고는 집을 나선다. 우리 아버지에게는 뉘우치고 참회하는 능력이 있다. 그리고 그건 우리 어머니에게는 없는 능력이다. 아버지가 나가자 어머니는 다음 달 1일에 우리가 이사해 들어갈 새 아파트에 관해 말해 준다. "방이 세 갠데 아주 커. 거의 무도회장 수준이더라. 이 프롤레타리아 동네에서 벗어나는 것도 괜찮은 일일 거야." 어머니가 욕실에 들어가자 나는 우리의 작은 거실을 둘러본다. 아버지가 막 만들었을 때는 우리 모두 행복하게 가지고 놀았던, 낡고 먼지 쌓인 인형 극장이 보인다. 저건 아마도 이사하는 과정에서 살아남지 못할 것이다. 나는 내가 대부분 그 기원을 알고 있는 여러 얼룩들이 묻은 벽지를 바라본다. 나는 벽에 걸린 선원의 아내 그림을, 뷔페식 테이블에 놓인 놋쇠 커피 잔과 주전자를, 엄마가 문을 꽝 닫고 나가는 바람에 부서진 뒤로 아직까지 수리하지 않은 문손잡이를 바라본다. 나는 주유 펌프와 집시 왜건이 자리 잡은 마당을 창문으로 내다본다. 나는 변하지 않은 채 남아 있는 이 모든 것을 바라보면서 내가 변화를 싫어한다는 걸 깨닫는다. 우리를 둘러싼 것들이 변할 때, 우리 자신을 통제하기는 어려워진다.

11

여름이 끝나고 가을이 온다. 거리에는 강렬한 빛깔로 물든 이파리들이 바람에 날리고, 갈색 정장을 입고 밖에 나가면 꽤 춥다. 에드빈의 것을 수선한 코트는 이제 내게 맞지 않아서 나는 외상으로 코트 한 벌을 산다. 그건 아버지의 충고를 완전히 거스르는 일이다. 아버지는 누구에게든 줘야 할 돈은 반드시 주고, 빚은 아무한테도 절대 지지 말아야 한다고 말한다. 안 그러면 결국 순홀름에 가게 될 거라고 말이다. 우리는 이제 베스텐 32번지 1층에 산다. 내 방은 내가 대놓고 들어앉아 있지 않을 때면 언제든 '응접실'이라고 불리고, 다이닝 룸과는 그저 면으로 된 꽃무늬 커튼 하나로만 분리돼 있다. 내 방에는 다리가 비뚤어진 테이블 하나, 가죽 안락의자 두 개, 그리고 가죽 소파가 하나 있다. 모두 중고로 산, 상당히 낡은 물건들이다. 밤에는 소파에서 잠을 자는데 곡선 모양의 등받이 때문에 몸을 완전히 펼 수가 없다. "그럼 너, 더 이상 키가 안 클 수도 있겠다." 어머니가 기대에 찬 목소리로 말한다. 가끔은 나도 사람의 키가 언제까지 계속 크는지 궁금하지만, 일단 내 경우에는 끝이 없는 것 같다. 곧 열일곱 살이 되는 나는 이제 한 달에 60크로네씩 번다. 노동조합 등급표에 따라 정해진 금액이다. 나는 내 방에서 썩 즐겁게 지내지는 못한다. 저녁에 방에 들어가 있으면 어머니가 커튼 사이로 이렇게 소리치기 때문이다. "지금 뭐 하고 있니? 너무 조용하네." 나는 대개 예전에 이미 읽었던 아버지의 책들을 다시 읽는 것 말고는 아무것도 하지 않는다. "여기서도 책 읽는 데는 아무 문제없는데." 어머니는 마치 강철 문이 우리를 갈라놓고 있기라도 한 것처럼 큰 소리로 말한다. 그러다 기분이 좋을 때면 커튼 한쪽으로 고개를 들이밀고는 이렇게 묻는다. "시 쓰고 있니, 토베?" 하지만 이제 저녁때면 나는 거의 집에 없다. 나는 니나와 함께 로드베르나 올륌피아나 헤이델베르에 가고, 우리는 자리에 앉아 탄산음료를 마시며 플로어 한복판에서 춤추는 커플들을 바라본다. 마치 전에는 춤추러 와 본 적이 없는 사람들처럼. 대체로 먼저 선택을 받는 쪽은 니나다. 나는 니나와 춤추고 싶어 하는 청년을 향해, 마치 내가 니나의 어머니인 양, 딸이 좋은 사람을 만났다고 확신하는 양 미소 짓는다. 나는 그들이 춤추며 나를 지나쳐 갈 때도 계속 만족스러운 미소를 보내고, 실내의 다른 사람들에게도 호기심 어린 시선을 던진다. 그러면서 상상을 한다. 그 상상 속에서 나를 보는 사람들은 이렇게 생각한다. 저이는 언젠가 책을 쓰기 위해 주위를 자세히 관찰하고 있나 보다. 나에 대해 사람들이 뭐라고 생각하든 상관없지만, 내가 단지 약혼 상대를 구하려고 와 있는 존재감 없는 여자라는 생각만은 안 해 줬으면 좋겠다. 한번은 나를 불쌍히 여긴 어떤 청년과 춤추려고 자리에서 일어나자, 옆 테이블에 있던 남자가 이렇게 중얼거리기도 한다. "심지어 미운 오리 새끼한테도 짝이 있네." 그 말 때문에 내 기분은 저녁 내내 엉망이 된다. 니나는 말한다. 10시가 지나야 처음으로 재미있어지기 시작하는데, 너 자정까지 들어가는 걸로 허락 받을 수는 없어? 하지만 우리 어머니는 그런 말은 들어주지 않을 것이다. 니나는 내 몸단장도 약간 해 주고 싶어 한다. 우리는 함께 나가서 솜으로 된 패딩이 들어간 브래지어 하나, 그리고 검은색

과 붉은색으로 된 코사크 드레스 한 벌을 외상으로 산
다. 집에서 부모님에게 그 얘기를 할 엄두는 나지 않아
서, 나는 니나가 선물해 준 옷이라고 이야기한다. 이 물
건들은 상당히 도움이 된다. 그건 내게는 놀라운 일이
다. 솜 패딩이 있든 없든 나라는 사람은 여전히 똑같은
데 말이다. "세상 사람들은 속고 싶어 하는 거야." 이렇
게 말하는 니나는 기분이 좋아 보인다. 내가 자신만큼
큰 성공작이 되기를 진심으로 바라기 때문이다. 어느
날 저녁 잘생기고 진지해 보이는 한 청년이 내게 춤을
청한다. 부실하게 옷을 입은 그는 나와 춤추는 동안 스
페인 내전에 참전하기 위해 내일 떠난다고 말한다. 우
리가 춤추는 동안 그는 한쪽 뺨을 내 뺨에 가져다 대
고, 조금 꺼끌꺼끌하기는 하지만 나는 그의 몸이 닿는
게 좋다. 그에게 조금 더 가까이 몸을 기대자 내 등 피
부에 와닿는 그의 손의 온기가 느껴진다. 내 다리에 힘
이 약간 풀리면서 그때껏 누구의 손길에도 느껴본 적
없던 뭔가가 느껴진다. 잠시 멈춘 음악이 다시 시작될
때까지 내 허리에 팔을 두르고 그대로 서 있는 걸 보니,
그 역시 어쩌면 같은 것을 느끼는지도 모른다. 그의 이
름은 쿠르트다. 그는 나를 집까지 데려다줘도 되느냐
고 물으며 이렇게 덧붙인다. "당신이 내가 떠나기 전에
마지막으로 함께하는 여자일 거예요." 3년 동안 일자리

가 없는 상태로 지낸 그는 덴마크에서 썩어 가느니 차라리 대의를 위해 목숨을 바치고 싶다고 한다. 그는 생활 보조금으로 살아간다. 일을 했을 때는 택시 한 대를 가진 사람 밑에서 그 택시를 운전했는데, 운전 말고는 어떤 기술도 배운 적이 없다고 한다. 그가 우리 테이블에 합석하자, 내가 마침내 계속 붙잡아 둘 수 있는 젊은 남자를 찾아냈다고 생각한 니나는 기뻐하며 미소 짓는다. 니나와 나는 일자리가 없는 청년들은 피하자고 의견을 모았었지만, 실업자가 아닌 남자를 찾기는 어렵다. 10시가 되자 쿠르트는 나를 집까지 데려다준다. 달빛은 밝고, 마음은 조금 흔들린다. 나는 머지않아 영웅적인 죽음을 맞을 한 남자와 함께 거리를 걷고 있다. 그 사실이 내 눈에 비친 그를 다른 모든 남자들과 달라 보이게 한다. 아몬드 모양으로 생긴 그의 두 눈은 짙은 푸른색이고, 머리는 검은색이며, 입술은 어린아이처럼 붉다. 집에 도착해 현관 앞에 들어서자 그는 내 머리를 두 손으로 감싸고 아주 부드럽게 키스한다. 그는 내게 혼자 사느냐고 묻고, 나는 아니라고 대답한다. 그는 방에 여자들을 데려오지 못하게 하는 치사한 집주인 여자와 함께 살고 있다. 그렇게 우리가 서로를 끌어안고 서 있을 때, 어머니가 창문을 열더니 소리친다. "토베, 당장 이리 올라와라!" 우리는 깜짝 놀라 서로에게서 떨어진다. 쿠르트가 묻는다. "당신 어머니예요?" 나는 부인하지 못하고, 이제 우리는 헤어져야 한다. 쿠르트는 자정에 어느 샌드위치 가게에서 나누어 주는 음식을 받기 위해 트로메살렌까지 가야 하고, 거기서 몇 시간 동안 미리 줄을 서야 한다. 나는 그대로 서서 인적이 거의 없는 거리를 걸어가는 그를 지켜본다. 코트도 없는 그는 두 손을 재킷 주머니에 찔러 넣고 있다. 그는 곧 죽을 것이고, 나는 다시는 그를 볼 수 없을 것이다. 집으로 올라간 나는 어머니가 간섭하는 것을 두고 한바탕 소란을 피우지만, 어머니는 내게 젊은 남자들은 그냥 데리고 올라와도 된다고, 그러면 구린 부분이 있는지 없는지 자기가 확인할 수 있지 않겠느냐고 한다. 어머니는 내가 어딘가 떳떳하지 못한 데가 있는 사람들과는 어울리지 않기를 바란다. 하지만 이 문제에 대해 어머니는 다른 변수도 생각해 봐야 한다. 곧 로살리아 이모가 몇 번이나 입원했던 병원에서 퇴원해 우리 집으로 올 예정이기 때문이다. 이모는 생을 마무리 지으러 우리 집으로 오게 된다. 그게 의사들이 우리 어머니에게 한 이야기다. 더 이상 의사들이 할 수 있는 일은 없고, 병원에는 의사들이 아무것도 할 수 없는 환자들을 위한 공간이 없다. 로살리아 이모는 침대 위 아버지의 자리에, 그러니까 어머니 곁에 눕게 될 것이다. 그동안 아버지는 다이닝 룸에 있는 소파에서 자게 된다. "이런 일들 전부." 어머니가 말한다. "전에 살던 그 아파트에서는 할 수 없었을 거야." 아무래도 어머니가 아버지에게 이사를 가자고 애원했던 건 내면의 목소리가 시켜서였던 모양이다.

어느 날 저녁 데려다주는 사람 없이 집에 도착한 나는 현관 앞에서 아버지와 마주친다. 나는 들어가는 길이고, 아버지는 나가는 길이다. 아버지는 분노와 서러움이 뒤섞인 얼굴을 하고 있다. "에드빈이 와서 앉아 있는데, 저놈이, 우리 중 누구한테도 한마디 말도 없이 결혼을 했다지 뭐냐. 아내도 있고 아파트도 구했고, 아마 태어날 애도 있을걸. 하! 우리는 저놈한테 그렇게 다 갖다 바쳤는데. 들어가라." 집에 들어가기 전에(이제 내게는 열쇠가 있다) 나는 놀란 표정을 얼굴에 걸친다. "어." 내가 말한다. "여기 와 있었네?" 이제 에드빈은 손님이라 그들은 내 방에 앉아 있다. 그게 바로 응접실이라는 공간의 용도다. 어머니는 큰 소리로 울고 있고, 에드빈은 매우 불편해 보인다. 그는 어쩌면 고집 부린 걸 후회하고 있는지도 모른다. 그 황소고집은 내게도 좀 과하게 느껴졌었다. "놀라게 해 드리고 싶어서 그랬어요." 에드빈의 말투는 얌전하다. "그리고 이렇게 하면 결혼식 비용을 내시지 않아도 되잖아요." 그 말은 사태를 더욱 악화시킬 뿐이다. 기분이 상한 어머니는 부모가 작은 결혼 선물도 하나 못 해줄 줄 알았느냐고 묻는다. "그냥 우리가 충분히 괜찮은 사람들이 아니라서 그런 거겠지." 그런 다음 에드빈은 우리에게 아내의 사진을 보여 준다. 그의 아내는 이름이 그레테고, 둥근 얼굴에는 보조개가 있다. 어머니는 얼굴을 찡그리면서 사진을 자세히 들여다본다. "얘 요리는 할 줄 아니?" 어머니는 그 질문을 던지면서 울음을 그친다. 에드빈은 모르겠다고 한다. "요리 못할 것 같이 생겼는데." 어머니가 말한다. 어머니 자신도 부엌일에 그렇게 뛰어나지는 않고, 어머니가 만드는 음식 중에 그나마 먹을 수 있는 것들도 하나같이 밀가루를 너무 많이 넣어서 시멘트처럼 딱딱한데 말이다. 우리는 커피를 마시며 페이스트리를 먹고, 어머니는 에드빈네 아파트의 집세가 얼마인지, 그의 아내는 아직 아이가 없는 동안에 일을 할 예정인지 물어본다. 아내가 일은 안 할 것 같다는 대답이 돌아오자, 어머니는 그레테가 그 시간을 어떻게 보낼 생각인지 궁금해한다. 어머니는 이미 그레테에 대해 호의적이지 않은 평가를 내렸고, 그 평가는 개인적으로 그를 알게 된다 해도 나아지지 않을 것이다. 그건 정말 확실한 일이다. 다이닝 룸의 시계가 11시를 치자 에드빈이 가려고 일어선다. "그럼, 저희는 일요일에 올게요."

힘없는 목소리다. 그가 돌아가자 어머니는 나와 이야기를 하고 싶어 하지만, 나는 혼자 있고 싶다. 나는 혼자서 쿠르트를 생각하고 싶고, 한 번 돌아보지도 않고 거리를 걸어가는 그를 바라보는 동안 내게 떠오른 몇몇 구절들을 적어 놓고 싶다. 베스텐과 마테우스가데가 만나는 길모퉁이에는 선술집이 하나 있고, 거기서는 '빙 앤 뱅'이라는 이름의 밴드가 새벽 2시까지 요란하게 연주를 해 댄다. 그래서 어머니와 나는 서로에게 거의 고함을 쳐야 한다. 전에 살던 아파트가 훨씬 더 조용했다. 어머니는 내게 어떤 남자랑 거기 서서 키스하고 있었던 거냐고 묻는다. "춤을 같이 춘 사람이에요." 나는 대답한다. "그것 말고는 아는 게 없어요." 어머니는 젊은 남자들과는 항상 헤어지기 전에 다음 약속을 잡아야 하는 거라고 말해 준다. 어머니는 내가 절대 약혼할 수 없을 거라는 사라지지 않는 두려움으로 고통받고 있고, 그래서 어떤 청년이든 내게 손톱만 한 관심이라도 보여 준다면 그를 왕자님 모시듯 받아들일 준비가 되어 있다. "넌 너무 따지는 게 많아." 어머니가 대놓고 말한다. "그럴 만한 여유도 없으면서." 마침내 어머니가 나가자 나는 다리가 비뚤어진 테이블 앞에 앉아 종이와 연필을 꺼내고, 스페인에서 죽게 될 잘생긴 청년에 대해 생각한 다음, 괜찮은 시 한 편을 쓴다. 그 시의 제목은 「내 죽은 아이에게」이고, 쿠르트와 직접적인 연관은 없다. 그래도 그를 만나지 않았더라면 나는 그 시를 쓰게 되지 않았을 것이다. 시를 다 쓰고 나니 그를 다시 볼 수 없다는 사실이 더는 안타깝게 여겨지지 않는다. 나는 행복하고, 무언가로부터 놓여난 듯하고, 그러면서도 울적하다. 이 시를 살아 있는 누구에게도 보여 줄 수 없고, 그 모든 일을 크로그 씨 같은 사람을 만날 때까지 뒤로 미루어야 한다는 사실이 너무 슬프다. 니나에게는 내 시들을 보여 준 적이 있다. 니나는 그 시들이 모두 훌륭하다고 생각한다. 아버지에게는 금속 상자들이 있던 다락에서 쓴 시를 보여 주었다. 아버지는 그게 아마추어의 시라고, 자기가 십자말풀이 퍼즐을 푸는 것과 마찬가지로 내게는 시를 쓰는 게 좋은 취미가 될 거라고 했다. "그런 걸로 두뇌를 훈련시키는 거지." 그는 그렇게 말했다. 나는 내 시들이 출판돼서 시에 대한 감각을 갖춘 다른 사람들이 그것을 즐길 수 있기를 바란다. 그 바람이 왜 그토록 간절한지는 나 자신에게도 설명할 수가 없다. 어쨌든 나는 그렇게 되기를 바란다. 그것이 내가 어둡고 구불구불한 길들을 지나며 다가가고 있는 목표다. 그것이 내가 아침마다 일어나고, 인쇄소에 나가고, 룅렌 양 맞은편에 앉아 백 개의 눈을 가진 아르고스 같은 그의 시선을 여덟 시간 동안 버틸 수 있게 해 주는 힘이다. 그것이 내가 열여덟 살이 되는 바로 그날 집에서 이사를 나가고 싶어 하는 이유다. 빙 앤 뱅이 밤새도록 시끄럽게 울부짖는다. 술 취한 사람들이 카페 뒷문에서 우리 건물 마당으로 쫓겨난다. 그곳에서 그들은 소리치고, 욕하고, 싸운다. 아침이 찾아올 때까지, 마당과 이 거리에 고요함은 찾아오지 않는다.

12

내 시적인 재능에 대한 소문이 인쇄소까지 닿으면서 이제 매일같이 주문이 들어온다. 카를 옌센이 그 주문들을 받은 다음 여전히 유일하게 나와 직접 소통하는 사람인 룅렌 양에게 가져다준다. 나는 갖가지 행사들을 위한 노래 가사를 쓴다. 내가 급료 봉투를 나누어 주러 건너갈 때면 직원들은 쑥스러워하면서 내게 고맙다고 말하고, 나 역시 똑같이 쑥스러워하면서 고마워할 것 없다고 대답한다. 나는 노래 가사를 쓰고, 형제들에게 보내는 중요한 메시지나 죽은 형제들의 부고를 속기로 받아 적는다. 그것들은 성 게오르게 수도회 소식지에 실린다. 이 모든 일은 사무실 업무와는 별로 관련이 없지만, 룅렌 양은 내게 일을 가르쳐 주려고 하지 않는다. 룅렌 양이 휴가를 갔을 때는 모든 업무가 금방이라도 무너져 내릴 것 같았는데, 그건 내가 어떤 일을 어떻게 해야 할지 아무것도 몰라서였다. 열여덟 살이 되면 나는 진짜 사무직에 지원할 것이고 수습 직원으로는 더 이상 일하지 않을 것이다. 그러면 봉급도 훨씬 더 많이 받을 수 있을 것이다. 열여덟 살이 되면 세계는 모든 면에서 달라질 것이고, 니나와 나는 밤새도록 뭐든 마음대로 할 수 있을 것이다. 그런 다음 나는 순결을 버리는 일도 준비해야 할 것이다. 니나는 그날이 오기를 몹시 바라고 있다. 니나 자신은 삼림 감독관이 순결을 가져갔을 때 겨우 열다섯 살밖에 되지 않았다. 우리가 저녁에 외출할 때마다 니나는 자기 약혼반지를 빼고, 오직 실업자가 아닌 청년들하고만 같이 잔다. 나는 아직 니나에게 쿠르트 이야기는 하지 않았다. 그건 나 혼자만 간직하고 싶은 경험이다. 내가 만약 나만의 방에서 혼자 살았더라면 나는 그에게 들어오라고 했을 것이다. 하지만 나를 집에 데려다주고 현관 앞에서 내게 키스했던 다른 젊은 남자들에게도 들어오라는 말을 했을지, 그건 모르겠다. 어느 날 니나가 아직도 내가 처녀인 게 부끄럽다면서 또 다시 들볶자, 나는 우선 약혼부터 하고 싶다고 말한다. 이전까지는 생각조차 해본 적 없었던 일이지만, 그 결정은 내 마음을 편안하게 만들어 준다. 현실에서 정말로 내 순결을 가져갈 가능성이 있었던 사람은 지금껏 딱 한 명뿐이었는데, 그 사실을 말하자니 좀 머쓱해진다. 니나의 말에 따르면 세상 모든 사람이 그 일에 엄청 열심이라고 하니까 말이다. 로살리아 이모가 집에 앓아누워 있어서, 어머니는 내가 뭘 하는지에 대해서는 예전보다 신경을 훨씬 덜 쓰고 있다. 어머니는 하루 종일 이모의 침대 옆에 앉아 웃으며 이야기를 하고, 저녁이 되면 일찍 잠자리에 들어가 누워서는 그들 중 한 사람이 먼저 잠들 때까지 계속 이야기를 나눈다. 어머니의 세계에서 아버지는 완전히 불필요한 존재가 되었고, 나는 이모가 돌아가시지만 않는다면 어머니가 완벽하게 행복해질 것 같다고 생각한다. 이모는 얼굴이 누렇게 뜨고 뼈가 보일 정도로 야위어서 그 모습을 보는 사람들은 이모에게 두개골이 있다는 사실을 계속 상기하게 된다. 피부가 너무 팽팽하게 당겨진 이모는 이제 입을 다 다물지도 못한다. 가끔은 저녁에 내가 집에 돌아올 때까지 이모가 깨어 있다. 그럴 때면 이모는 나를 안으로 부르고, 나는 잠깐 동안 이모가 누운 침대 옆에 앉아 있는다. 끔찍한 냄새가 침대를 둘러싸고 있어서 나는 내내 숨을 참으려고 애쓰고,

이모 자신은 그 냄새를 알아차리지 못하기를 소망한다. 이모가 통증을 호소하면 어머니는 길모퉁이 카페에 가서 간호사에게 전화를 걸고, 그러면 간호사가 와서 이모에게 모르핀 주사를 놓는다. 그러고 나면 이모는 정신이 몽롱해져서는 종종 어머니를 나로, 나를 어머니로 착각한다. "내가 죽으려나 봐, 알프리다." 어느 날 저녁, 이모가 내게 말한다. "다 알아. 나한테 숨길 필요 없어." "아니에요." 내 목소리는 슬프다. "그냥 좀 편찮으신 것뿐이에요. 곧 나으실 거라고 의사선생님이 그러셨어요." "카를 때도 똑같았어." 이모가 말한다. "카를한테는 말하지 말라고 의사가 그랬었지." 나는 대답하지 않고 이모의 수척해진 두 손을 깃털 이불 밑으로 집어넣는다. 그러고는 불을 끄고, 면으로 된 커튼 사이로 아버지의 코 고는 소리가 들려오는 내 방으로 돌아온다. 어머니가 아니었다면 나는 이모에게 솔직히 말했을 것이다. 그렇게 했더라면 이모가 행복해졌을 거라는 확신이 든다. 하지만 어머니 때문에 나는 감히 그러지 못하고, 이모는 아무것도 모르는 척해야 하고, 그동안 어머니는 슬픈 코미디를 연기한다. 나는 언젠가는 나 자신이 언제 죽을지 사실대로 알고 싶어질 것 같다. 한편, 내가 마음에 드는 청년을 만나게 되더라도 어머니가 매번 그러라고 하는 것처럼 그를 집에 데리고 올라올 수는 없겠다는 생각도 든다. 이모에게서 나는 냄새가 집 전체를 채우고 있어서다. 우리 가족은 오빠와 그의 아내를 만나기 위해 쉬드하우넨에 다녀왔다. 방이 두 개인 그들의 아파트에는 외상으로 산 가구 몇 점이 놓여 있었는데, 그것들을 본 아버지는 불길한 무언가를 예감하는 듯한 표정을 지었다. 그레테는 체구가 몹시 작고 통통하고 방긋방긋 잘 웃는 사람이었다. 그는 내내 에드빈의 무릎 위에 앉아 있었고, 그러는 동안 어머니는 마치 그가 머지않아 에드빈의 모든 생기를 빨아 마실 흡혈귀라도 되는 것처럼 쳐다보았다. 대화는 겨우 이어졌다. 그레테는 어머니에게 거의 말을 하지 않았고, 어머니도 그레테에게 직접 말을 거는 일을 조심스럽게 피했기 때문이다. 나는 우리 가족이 너무 피곤하다. 내가 자유롭게 움직이고 싶어 할 때마다 그들과 부딪히는 것 같다. 어쩌면 나는 결혼해서 나 자신의 가족을 꾸린 뒤에야 그들에게서 벗어날 수 있을지도 모른다. 어느 날 저녁 로드베르에 간 니나와 내가 탄산음료를 마시며 앉아 있는데, 한 젊은 남자가 니나에게 춤을 청하더니 함께 댄스플로어로 걸어 올라간다. 나는 언제나처럼 어머니 같은 미소를 지으며 가만 앉은 채로 흥겨워하는 청춘들을 지켜본다. 그때 한 청년이 내게 허리를 굽혀 인사하고, 우리는 혼잡한 댄스플로어로 걸어간다.

그는 내 귀에 대고 음악에 맞춰 콧노래를 부른다. '로마에서 온 청년, 그 사람을 빠뜨리지 말아요.' "그거 무솔리니 얘기예요." 내가 말한다. 언젠가 리바 벨[10]이 종종 부르는 그 노래 때문에 오빠가 크게 화를 냈었고, 덕분에 나도 엉겁결에 그 사실을 알게 되었다. "그게 누군데요?" 청년이 묻고, 나는 나도 모른다고 대답한다. 나는 그저 그가 히틀러와 매우 비슷한 이탈리아 사람이고, 덴마크에서 그 사람을 칭송하는 내용으로 가사를 쓰면 안 된다는 것만 알 뿐이다. "그쪽 여자 친구가 제 친구랑 춤추고 있네요." 그가 말한다. "제 친구 이름은 에곤이에요. 저는 악셀이고요. 그쪽 이름은요?" "토베예요." 악셀은 춤을 잘 춘다. 거의 모든 사람들이 춤에 서투르지만, 그는 춤추는 내내 전혀 그런 기색을 보이지 않는다. "춤을 잘 추네요." 그가 말한다. "대부분의 여자들보다 나은데요." 나는 춤추는 법을 한 번도 배운 적이 없다고 대답하지만 그는 그런 건 중요하지 않다고 한다. 내 몸속에 리듬이 들어 있다면서. 젊은 남자와 춤을 추는 동안 상대가 무슨 말이든 해 주는 건 매우 드문 일이어서, 나는 그가 좋아진다. 우리는 춤을 추며 니나와

---

10   1897~1952. 덴마크의 가수이자 배우

에곤을 지나쳐 간다. 나는 니나에게 미소를 짓고, 에곤과 악셀은 서로에게 인사를 한다. 음악이 멈추자 악셀이 우리 테이블에 합석해도 되느냐고 묻고, 나는 좋다고 대답한다. 우리가 테이블로 돌아왔을 때 니나의 아름다운 두 눈은 행복으로 빛나고 있다. 니나가 묻는다. "에곤 말이야, 잘생긴 것 같지 않아?" 내가 대답한다. "맞아." "그 사람 목수래." 니나가 말한다. "그리고 아마 게르에 있는 집에서 부모님이랑 같이 살고, 악셀은 거기서 길 하나 건넌 곳에서 부모님이랑 산대. 마찬가지로 한집에서." 그때 그들이 건너와 자리에 앉는다. 나는 악셀을 조금 더 가까이에서 바라본다. 둥글둥글한 그의 얼굴은 친밀감이 들고, 그의 모든 특징은 그가 한때 어린아이였다는 사실을 떠올리게 한다. 이마 위에 드리워진 연한 색 곱슬머리는 조금 젖어 있고, 푸른 두 눈동자 주위에는 사람을 잘 믿는 표정이 어려 있고, 턱에는 오직 웃을 때만 사라지는 움푹 들어간 부분이 있다. 그에게선 희미하게 우유 냄새가 난다. 에곤은 악셀보다 키가 작고, 얼굴이 거무스름하고, 나이도 다소 많아 보인다. 니나가 그의 집에 방이 몇 개 있느냐고 물었을 때, 나는 니나가 아득한 꿈에 젖어 있음을 알아차린다. 두 부잣집 아들이 두 가난한 여자를 건져 올린 뒤에 자기들의 걱정 없는 세상 속으로 받아 주는 꿈. 어쩌면 니나는 삼림 감독관을 차 버릴 생각까지 하고 있는지도 모른다. 나는 그 감독관이 진지하고 심각한 사람이라고 생각한다. 그리고 니나는 그런 그가 시골에서 자신에게 마련해 줄 미래를 좀 지나칠 정도로 낭만화하고 있는 듯하다. 니나는 아주 유치해질 때면 그를 '덤불'이라고 부르지만, 다른 사람은 그를 그렇게 부르지 못하게 한다. 니나는 주말마다 그를 만나지만 내가 그를 만나지는 못하게 한다. 니나는 그에게도 나를 만나서는 안 된다고 한다. 우리 어머니가 니나를 내게 나쁜 영향을 끼치는 친구로 여기는 것처럼, 감독관 역시 나를 보면 니나에게 나쁜 영향을 끼치는 친구라고 여기리라는 게 니나의 생각이다. "근데 그쪽은 무슨 일 하세요?" 우리가 주문한 맥주를 마시는 동안 니나가 악셀에게 묻고, 악셀은 니나를 향해 매력적인 미소를 지어 보이며 이렇게 대답한다. "수금 직원이에요." 나는 그게 뭔지 모르지만 니나는 실망한 것처럼 보인다. "아." 니나가 말한다. "그럼 청구서를 가지고 돌아다니고, 뭐 그런 일인가요?" "보통은 운전을 해서 가죠." 그는 약간 으스대는 태도로 니나의 말을 고쳐 준다. "저는 밴을 몰아요." 니나가 환한 표정을 짓더니, 갑자기 다함께 우리의 만남을 축하하자고 제안한다. 그 말에 우리는 건배를 하고, 나는 탄산음료를 마시는 게 훨씬 낫겠다고 느낀다.

나는 맥주를 좋아하지 않는다. 벌써 10시가 지나 있어서, 나는 의기소침한 목소리로 그만 가 봐야 할 것 같다고 털어놓는다. 악셀이 자리에서 씩씩하게 벌떡 일어나더니 재킷 단추를 잠그는데, 재킷의 어깨가 상당히 넓다. 그는 키가 크지만 다리는 심하게 X자로 굽어 있다. 실내를 가로질러 갈 때 그는 선뜻 내 팔을 붙잡고, 휴대품 보관소에서는 내가 코트를 입는 걸 도와준다. 우리가 서늘한 거리를 걷는 동안 도시의 불빛은 별들보다 더 밝게 빛난다. 악셀은 내게 자신이 입양아이며 부모님은 나이가 꽤 많으시지만 아주 좋은 분들이라고 말한다. 그리고 놀랍게도, 그는 언젠가 그분들을 만나러 오지 않겠느냐고 내게 묻는다. "좋아요." 내가 말한다. "저는 오래 가는 여자 친구를 너무나도 사귀어 보고 싶어요." 악셀은 어린애처럼 단도직입적으로 털어놓는다. "그리고 노인네들은 제가 약혼하는 걸 너무나 간절하게 바라시고요." 우리 집 현관 앞에 도착한 그는 정해진 순서를 따르듯 내게 키스하지만, 나는 그가 어떤 특별한 감정도 느끼지 못한다는 걸 알 수 있다. 심지어 내가 내 몸을 그의 몸에 다정하게 밀어붙여 봐도 마찬가지다. 그는 이렇게 말한다. "우리 넷이 같이 재미있게 지낼 수 있겠어요." "네." 나는 그렇게 말하고 다음 일요일에 그를 만나러 나오겠다고 약속한다. 그는 호기심 어린 목소리로 내게 혹시 처녀냐고 묻고, 나는 그렇다고 시인한다. 그는 내 손을 붙잡더니 진심을 담아 악수를 한다. "그러시다니 존경합니다." 그 말은 어딘가 열성적이다. 나는 실망과 혼란이 뒤섞인 마음을 안고 잠자리에 든다. 그러면서 수금 직원과 약혼해도 될지 생각해본다. 나는 그 말이 그저 자전거 배달원을 조금 더 근사하게 표현한 게 아닌가 의심한다. 그가 밴을 운전한다는 사실을 논외로 한다면 말이다.

13

2주 동안 서로를 알고 지낸 끝에, 그리고 마치 우리가 남매인 양 서로를 건전하게 대한 끝에 악셀과 나는 공식적으로 약혼한 사이가 된다. 니나는 내가 약혼하기 전에는 악셀과 침대에 들어가지 않을 거라고 에곤에게 말했고, 에곤은 그걸 악셀에게 말했고, 그러자 악셀은 마치 자기가 자연스럽게 약혼을 떠올렸다는 듯이 내게 제안한 것이다. 이제 나는 약혼한 여자고, 우리 어머니는 몹시 황홀해 하고 있다. 어머니는 악셀이 착실해 보인다고 생각한다. 에드빈의 아내가 요리를 못한다는 걸 정확히 알아봤던 것과 마찬가지로, 어머니는 악셀이 술을 마시지 않는다는 것 역시 단번에 알아차린다. 악셀은 우리 어머니 앞에서 매우 싹싹하게 행동한다. "저 남자는 누가 봐도 배운 사람이야." 어머니는 아버지에게 이렇게 말하고, 아버지도 그 말에 반박하지 않는다. 악셀과 여러 번의 저녁을 보낸 뒤에 아버지는 이렇게 말한다. "있잖아, 그 친구 자동차 운전하는 법 말고는 아무것도 배운 적이 없더라고." "글쎄." 어머니가 기분이 상해서 대답한다. "그거면 충분하지 않아? 혹시 당신은 자동차 운전할 줄 알아?" 악셀은 언젠가 드라이브를 시켜드리겠다고 우리 어머니에게 약속하지만 나는 그 일에 대해서는 별로 신경 쓰지 않는다. 그런데 어느 날, 내가 아무것도 모르는 채로 사무실에 앉아 있는데 바깥에서 시끄러운 경적 소리가 들려오고, 룅렌 양이 창밖을 내다본다. "도대체 저게 누구지?" 룅렌 양이 놀라서 말한다. "이쪽으로 손을 흔드는데, 혹시 아는 사람이에요?" 나는 얼굴을 붉히며 아니라고 한다. 악셀과 어머니가 차창 밖으로 얼굴을 내민 채 미친 듯 손을 흔들고 있고, 악셀은 길고 리드미컬하게 경적을 울리고 있다. 나는 우울한 목소리로 대답한다. "위층 사람들한테 그러는 것 같은데요." "얼굴도 두껍네." 룅렌 양은 커튼을 바짝 잡아당겨 닫는다. 집에 돌아온 내가 미친 듯 화를 내며 그렇게 멍청하게 손 흔드는 짓 같은 건 제발

하지 말라고 하자, 어머니는 자기랑 악셀이 함께 엄청 재미있는 하루를 보냈다고 대답한다. 페이스트리 가게에 같이 갔는데 악셀이 사 주더라고. 마치 악셀과 약혼한 사람이 자기인 양 어머니의 두 눈이 반짝인다. 악셀의 부모님은 두 분 다 체구가 몹시 작고, 나이가 많고, 터무니없을 만큼 좋은 분들이다. 그들은 카스트루프에 있는 방갈로식 주택에서 산다. 악셀의 아버지는 공장의 현장 감독이고, 집 안에는 유복한 기운이 흐른다. 악셀의 방은 지하에 있다. 거기에는 라디오 한 대와 축음기 한 대, 그리고 300장이 넘는 음반이 높다란 선반에 책처럼 정리돼 있다. 옆방은 당구장인데, 니나와 에곤이 올 때면 우리 넷은 거기서 당구를 친다. 악셀의 부모님은 그를 '아세만'이라고 부르면서 어린 소년처럼 대한다. 그는 내게 다정한 것처럼 자기 부모님 역시 다정하게 대한다. 천성이 따스해서 누구에게든 안전하고 편안하다는 느낌을 갖게 하는 사람이다. 어느 날 니나가 악셀네 집에서 작은 파티를 열 거라고 한다. 그때 악셀의 아버지가 집에서 만든 와인을 마실 텐데, 악셀 부모님의 허락도 다 받아 놨다고 한다. 우리는 그날 춤도 추고 당구도 칠 것이고, 그런 다음 나는 악셀에게 침대로 함께 들어가는 커다란 기쁨을 주어야만 한다. "술을 좀 마시고 하면 하나도 안 아파." 격려하듯 말한 니나는 에곤

역시 때가 되었다고 생각한다는 이야기도 함께 전해 준다. 정말이지 악셀과 내 의견은 고려조차 되지 않는 것 같다. 정작 우리 둘은 그 일에 관한 이야기는 전혀 하지 않고, 악셀은 여전히 나를 지나칠 정도로 존중한다. 니나와 나는 함께 그곳으로 가고, 악셀은 세심하게 집주인 노릇을 한다. 그는 병뚜껑을 따고, 음반을 틀고, 우리 모두는 와인 때문에 기분이 들뜬다. 와인은 맥주처럼 맛이 끔찍하지는 않다. 춤추는 사이사이에 에곤은 자리에 앉아 니나에게 키스한다. 자기 비밀을 에곤에게 털어놓은 니나는 웃으면서 덤불이 이걸 좀 봤으면 좋겠다고 말한다. 에곤은 덤불을 비웃으면서, 문 앞 계단에 앉아 이브닝 파이프에 담배를 채우며 저녁놀을 바라보는 모습으로 그를 상상한다. 이 전형적인 상상에 우리 모두는 큰 소리로 웃는다. "그런 다음에 니나가 나오는 거야." 농담이 성공하자 용기를 얻은 에곤이 그 장면을 더욱 자세하게 묘사한다. "코 찔찔 흘리는 애 셋을 원피스 자락에 매달고, 두 손을 앞치마에 닦으면서 이렇게 말하는 거지. '애기 아빠, 저녁 커피 마실 시간이에요.'" 악셀은 내게 키스 같은 건 전혀 하지 않고, 그의 표정은 시간이 갈수록 심각해진다. 그는 너무 많은 부분에서 어린애 같아서 가끔은 그가 딱하다는 생각마저 든다. 나 자신은 와인 때문에 제법 용기가 생긴 상태라,

지금 그걸 해 버리고 싶은 마음이 간절하다. 남들도 다 하는 일이니까, 분명 내게만 그렇게 나쁜 경험이 되지는 않을 것이다. 자정이 좀 지났을 무렵, 니나와 에곤은 당구장에 슬쩍 들어가서는 문을 닫는다. "너희들 거기서 뭐 하냐?" 악셀이 괜히 소리를 지른다. 그러더니 망설이고 두려워하는 표정으로 나를 쳐다본다. "음." 그가 말한다. "나는 침대를 정돈해야겠어요." 그러더니 느리고 조심스러운 동작으로 그 작업을 한다. "옷을 벗어요." 그의 목소리는 처량하다. "적어도, 조금만이라도요." 마치 의사 앞에 와 있는 것만 같다. "얘기부터 좀 하면 어때요?" 내가 묻는다. "좋아요." 그가 대답하고, 우리는 각자 의자에 앉는다. 그가 우리의 잔을 끝까지 채우자 우리는 탐욕스럽게 그것을 다 마신다. "앞니 때우는 걸 좀 알아보는 게 좋겠어요." 나는 그의 다정한 말에 놀라서 "네"라고 대답한다. 하지만 우리가 곧 하게 될 그 절차와는 달리, 치과에 가는 데에는 돈이 들기 때문에 나는 몇 마디를 덧붙인다. "그럴 여유가 없어서요." 그러자 악셀은 자신이 돈을 내 주겠다고 제안한다. 내가 그러면 안 될 것 같다고 하자, 그는 어쨌든 언젠가는 자기가 나를 부양하게 될 거 아니냐고 되묻는다. 그래서 나는 고맙다는 말과 함께 그가 앞니 때우는 비용을 내 주는 데 동의한다. "안타까워서요." 악셀이 설명한다. "앞니만 아니면 당신은 정말 예쁘거든요." 갑자기 당구장 쪽에서 울부짖는 듯한 이상한 소리가 들려오고, 우리는 둘 다 헉 하는 숨소리를 낸다. "에곤이에요." 악셀이 알려 준다. "열정이 넘치네." "당신도 그런가요?" 나는 조심스럽게 묻는다. 그가 정말로 큰 소리를 낼 거라면 마음의 준비를 하고 싶어서다. "아뇨." 그가 솔직하게 말한다. "난 별로 안 그런 것 같아요." "나도 안 그런 것 같은데." 내가 시인한다. 그의 두 눈에 어렴풋한 희망의 빛이 어린다. "그럼 우리." 그 낙천적인 목소리. "다음번에 할까요?" "그랬다간 쟤들이 우릴 미쳤다고 생각할 거예요." 나는 당구장 쪽으로 고갯짓을 한다. "그럼 안 되는데. 음, 불을 끄면 어떨까요." 악셀이 불을 끈다. 나는 이를 악물고 누워 그의 따뜻하고, 다정하고, 안심이 되는 말들에 귀를 기울인다. 모든 것은 그렇게 나쁘지 않고, 그는 짐승 같은 소리도 전혀 내지 않는다. 일이 끝나자 그는 불을 켜고, 우리 둘은 그 일이 끝났으며 거기에는 특별할 만한 게 아무것도 없었다는 엄청난 안도감 속에서 웃음을 터뜨린다. "당신한테 말하고 싶어요." 그가 고백한다. "나, 전에 처녀랑 해본 적은 한 번도 없었어요." 니나와 에곤이 붉어진 뺨과 빛나는 눈을 하고 문가에 나타난다. 그들은 침대에게서 우리에게로, 다시 그들 서로에게로 시선을 옮긴다. 마치 이 모든 게 자신들의 책임이라는 듯이. 그러나 아무도 그 일에 대해 말하지는 않는다. 우리는 다시 춤추기 시작한다. 나는 악셀과 함께 있을 때만큼은 집에 늦게 들어가도 되기 때문이다. 그와 함께라면 나는 뭐든 해도 되니까, 어머니는 이번 일을 알게 돼도 화를 내지는 않을 것이다. 조금 뒤에 니나는 그 일이 멋지지 않았느냐고 물어오고, 나는 물론 멋졌다고 대답한다. 니나는 매번 조금씩 더 좋아질 거라고 말한다. 하지만 나는 그 절차가 반복될 거라고는 생각해 본 적이 없었다. 심지어 그 일은 내 인생에서 너무나도 사소한 행위처럼 느껴진다. 쿠르트와의 짧은 만남과 그 만남이 발전해 만들어 낼 수도 있었던 것에 비하면, 그날의 일은 전혀 중요하지 않았다. 그럼에도 나는 나만의 방이 생긴 뒤로 써 온 일기장에 이렇게 쓴다. '당구장에서 니나가 에곤에게 따스하고 열정적인 자기 육체의 모든 것을 주었을 때, 나는 내가 순결한지 묻는 악셀의 질문에 순수하고 정숙하게 "네"라고 대답했다.' 내 일기장 속의 모든 일들은 순도 높은 낭만 속에 담긴다. 나는 여분의 열쇠까지 따로 만들어 둔 침실 수납장 맨 위 서랍에 일기장을 보관한다. 그 서랍에는 내 '진짜' 시 두 편, 체온계 세 개, 그리고 대여섯 개의 콘돔도 들어 있다. 체온계와 콘돔은 한때 간호 용품 상점을 열 생각을 했던 내가 간호 용품 회사에서 훔쳐 온 것들이다. 하지만 재고가 충분히 쌓이기도 전에 잘리고 말았던 것이다. 다행히도 악셀은 나를 예전과 조금도 다르지 않게 대하고, 중간에 벌어진 쑥스러운 막간극에 대해서는 전혀 언급하지 않는다. 나는 니나가 원하는 일이라면 뭐든지 하려는 경향이 있는데, 악셀 역시 에곤이 하라고 시키는 일은 뭐든 하는 것 같다. 니나와 둘만 있을 때면 나는 악셀과 내가 자주 만나는 척한다. 어쩌면 악셀 역시 에곤과 있을 때 그러는지도 모르겠다. 낮 동안 악셀은 차에 우리 어머니를 태우고 여기저기 돌아다닌다. 어머니는 그가 고객들을 만나는 동안 배달용 밴에 앉아 기다린다. 그는 어느 가구 회사에 고용되어 있는데, 고객 중에는 성매매 여성이 많다고 한다. 의심 많은 우리 어머니는 그가 그 여성들과 유독 오랜 시간을 보낸다는 사실을 알아냈지만, 그는 그냥 그들로부터 돈을 받아내기가 어려워서 그런 거라고 말한다. 어머니는 내가 그를 믿으면 안 된다고 한다. 그러나 사실 나는 그가 성매매 여성들과 잠자리를 하는지 아닌지에는 아무런 관심이 없다. 그건 내가 걱정할 일도, 우리 어머니가 걱정할 일도 아닌 것 같다. 정말로 나쁜 일은 내가 그의 집을 방문할 때마다 그의 부모님으로부터 어떤 냉담한 분위기를 느끼고 있다는 것이다. 그분들이 왜 내게 기분이 상한 건지, 나로서는 알아닐 방법이 없다. 내가 알아채지 못할 거라 생각하는지, 이따금씩 그의 어머니는 나를 날카롭게 노려본다. 그의 어머니는 체구가 아주 작고 우리 외할머니처럼 늘 검은 옷을 입고 있다. 현명해 보이는 두 눈은 갈색이고 머리는 완전한 백발이다. 앞치마를 입지 않은 모습은 한 번도 본 적이 없다. "악셀이 치과 비용을 내 주겠다고 약속했어요?" 어느 날 저녁, 그의 어머니가 묻는다. "네." 나는 불편한 기분을 느끼며 대답한다. "걔가 버는 돈이 얼마 안 돼요." 그의 어머니가 말한다. "안타깝지만 그건 토베 양 돈으로 내야 할지도 모르겠네요." 그 말 속에는 내가 전혀 이해할 수 없는 무언가가 들어 있다. 어느 날 저녁 식사에 초대된 나는 악셀보다 조금 일찍 그곳에 도착한다. 악셀의 부모님은 몹시 심각한 얼굴을 하고 있다. 그의 어머니는 악셀이 내게 적합한 남자가 아니라고 한다. 그는 결코 아내를 먹여 살리지 못할 것이고, 나는 그에게 너무 과분하다는 것이다. "내가 얘기할게." 어머니를 향해 손을 내저으며 그의 아버지가 말한다. "문제는, 회사 자금에 구멍이 날 때마다 우리가 그걸 메꿔 줬다는 거예요. 그러니까, 악셀이 자기 돈이 아닌 돈을 가져갔을 때 말이죠. 돈 문제에 있어서는 걔는 그냥 어린애예요. 우린 걔가 괜찮은 여자랑 약혼을 하면 나아질 줄 알았는데, 소용이 없네요. 걔는 하나밖에 없는 우리 아들이지만 또 우리의 엄청난 슬픔이기도 해요. 견습 생활을 하다 중간에 도망쳐 버린 곳만 열한 군데고, 생각하는 거라고는 자동차랑 음반들뿐인 애예요." "좋은 앤데." 그의 어머니가 눈물을 닦으며 그를 변호한다. "그렇지만 분별력이 없고 무책임하기도 하죠." "저는 악셀을 많이 좋아해요." 내가 말한다. "그리고 저는 누가 먹여 살려 주지 않아도 돼요. 시를 써서 생활을 하면 되거든요." 뒷부분의 말들은 무심결에 내 입에서 흘러나와 버리고, 나는 겁에 질려 악셀의 부모님을 바라본다. 그들은 그렇게 놀란 것 같지는 않다. "토베 양이 평범한 젊은 여자가 아니라는 건 알고 있었어요. 보면 알 수 있죠." 그의 어머니가 말한다. 그때 악셀이 차를 몰고 오더니 브레이크를 끼익 밟으며 바깥 자갈길에 차를 세운다. 그는 종종 회사 밴을 몰고 집에 온다. 그가 초인종을 누르자 그의 어머니는 이렇게 속삭인다. "우린 분명히 경고해 줬어요." 나는 그 일에 대해 며칠 동안 생각해 본다. 내가 평범하지 않다는 걸 사람들이 알아보다니 몹시 기쁘다. 불과 몇 년 전에는 그것 때문에 불행했었는데 말이다. 나는 내 약혼자에 대해 한참 생각하다가, 그가 언젠가 상류 사회에 진입하고 싶어 하는 여자의 평생 반려자가 되기에는 적합하지 않다는 결론에 도달한다. 하지만 약혼을 깰 엄두는 나지 않는다. 여전히 씩씩하고, 친절하고, 나를 존경하는 악셀이 안됐다는 생각이 든다. 하지만 우리 어머니 역시 어떻게 해서 악셀의 주머니에 항상 돈이 있는지, 그가 왜 성매매 여성들과 그렇게 오랫동안 시간을 보내는 건지 궁금해하기 시작한다. 어머니는 그와 함께 밴을 타고 다니는 일을 그만두고, 내게도 다른 사람을 찾아볼 준비를 하라고 충고한다. 내가 퇴짜를 놓아 버린, 학교 선생님이 되고 싶어 했던 에를링 같은 누군가를 찾아보라고 말이다. 마치 우리 집 문 앞에 줄 서서 기다리는 청년들이 수도 없이 많다는 듯이. 니나도 심각한 위기에 처해 있다. 덤불과 헤어지고 에곤과 결혼할지 고민하고 있기 때문이다. 내가 악셀에 대해 알게 된 것들을 말하자 니나는 치과 치료가 끝나자마자 그와 끝내라고 조언한다. 때운 부분은 거의 눈에 안 보일 테니, 그 치료만 끝나면 내가 원하는 어떤 남자든 얻을 수 있을 거라고 니나는 생각한다. 니나는 내게 마침내 약간의 '급'이 생겼고, 그게 남자들이 알아보는 부분이라고 말한다. 하지만 나는 악셀과 함께 있을 때 무척 행복해진다. 내가 그를 정말 좋아해서다. 그와 함께 있을 때 나는 행복하고 안전하다고 느낀다. 나는 그의 부모님을 찾아가는 일을 그만두고, 그도 우리 집에 찾아오는 일을 그만둔다. 우리 어머니는 이제 그를 냉정하게 대하고, 아버지는 오직 그의 무지를 드러내는 질문들만 그에게 던진다. "올림픽에 대해서는 어떻게 생각하나? 응? 가증스러운 일 아닌가?" 아버지는 우리나라 여자 수영 선수들이 출전해 있는 베를린 올림픽을 말하고 있지만, 악셀은 어떤 올림픽에 대해서도 아무것도 모른다. 히틀러와 세계정세에 관해서는 아주 조금만 알 뿐이고, 에른스트 글레저[11]의 『마지막 민간인』도 읽지 않았다. 나는 그 책을 읽으면서 유대인 박해와 강제 수용소에 관해 많은 것을 알게 되었는데, 그 모든 사실들은 나를 공포로 가득 채웠었다. 악셀은 그렇게 한 사람을 겁에 질리게 만들 수 있는 요즘의 그 모든 세상사에 대해서는 아무것도 모르고, 그래서 나는 그와 함께일 때 즐거워진다. 물론 그가 바보는 아니다. 하지만 우리 아버지의 질문은 오직 그가 바보라는 걸 드러내는 것만을 목표로 삼는다. 그걸 눈치 챈 악셀이 우리 집에 오는 일을 그만둔 것이다. 그래서 우리는 함께 있을 때마다 집 없는 사람들처럼 그저 선술집과 길거리만을 오간다. 어느 날 그가 우리 사무실 앞으로 나를 데리러 오

---

11   1902~1963. 독일의 작가. 평화주의 소설 『1902년생』으로
      유명하다. 나치가 하인리히 만, 에리히 케스트너 등이 쓴
      작품들을 불태울 때 그의 작품들도 포함되었다.

고, 우리는 아무 말 없이 H.C. 외르스테스바이를 걸어 내려간다. 그가 내게 무언가 할 말이 있는 게 분명하다. 마침내 그것이 온다. "생각해 봤는데요." 그가 말한다. "우리, 반지를 빼야 할 것 같아요. 난 당신을 정말로 사랑해 본 적이 없어요." "나도 당신을 정말로 사랑한 적이 없어요." 내가 말한다. "없죠." 그는 주억거린다. "알아요." 완전히 당황한 그가 엄청나게 큰 걸음으로 성큼성큼 걸어가는 바람에 나는 그를 따라잡으려고 거의 달려야 한다. "그리고 난 곧 열여덟 살이 돼요." 그렇게 말하는 나 자신도 지금 그 말이 왜 나오는지 알지 못한다. "그래요." 그가 말한다. "그러면 더 이상 미성년자가 아니게 되겠네요." 우리는 한동안 아무 말도 하지 않고 걷는다. "그리고 우리 어머니는 당신이 나한테 너무 과분하대요." 그가 설명한다. "당신은 돈도 많고 책도 좀 읽고, 뭐 그런 사람이랑 결혼해야 할 것 같아요." "네." 내가 말한다. "나도 그렇게 생각해요." 우리 집 현관 앞에 도착한 그는 언제나처럼 내게 부드럽게 키스하더니 자기 손가락에서 반지를 비틀어 뺀다. 그가 그것을 주머니에 넣고, 내 것도 그리로 들어간다. "어쩌면." 그가 말한다. "우린 다시 만날 수도 있을 거예요." 그의 짧고 빳빳한 속눈썹이 마지막으로 내 뺨에 스친다. 이제, 가위 모양으로 굽어진 두 다리와 소년처럼 낭창낭창한 허리를 한 그는 베스텐 거리를 걸어 내려간다. 그러더니 몸을 돌려 내게 손을 흔든다. "잘 있어요." 그가 소리친다. "잘 가요." 나는 손을 흔들며 마주 소리친다. 그런 다음 위층으로 올라가 문에 열쇠를 꽂기 전에 깊이 심호흡을 한다. 냄새가 점점 심해지고 있어서다. 나는 안으로 들어가 어머니와 로살리아 이모에게로 간다. "저, 파혼했어요." 내가 말한다. "잘했구나." 어머니가 대답한다. "그 사람은 별로 좋은 남자가 아니었어." "아뇨, 좋은 남자였어요." 나는 그렇게만 말하고 입을 다문다. 악셀의 좋은 점이 무엇이었는지 어머니에게 설명하지 못하겠다. "누구에게나 뭔가 좋은 점은 있어, 알프리다." 이모가 침대에 누운 채 다정하게 말한다. 그리고 어머니와 나는 이모가 카를 이모부를 떠올리고 있음을 안다.

14

어느 날 아침, 길모퉁이를 돌아 인쇄소가 위치해 있는 프레데릭스베르 쪽으로 들어서는데 사무실 건물의 작은 앞뜰에 조기가 게양되어 있는 게 보인다. 내가 떠올린 첫 번째 생각은 어쩌면 룅렌 양이 죽었을지 모른다는 것이고, 그 생각은 나를 비뚤어진 기쁨으로 가득 채운다. 그렇다면 내게는 교환대를 맡아 전화에 대고 말하는 업무가 허락될 것이다. 니나에게 마음대로 자주 전화할 수도 있을 테고 말이다. 나는 오히려 기분이 좋아진 채로 계단을 올라가지만, 문을 열고 들어서자 룅렌 양은 언제나처럼 자기 자리에 앉아 요란한 소리를 내며 코를 풀고 있다. 룅렌 양의 얼굴은 뜨거운 햇볕 아래 한참 앉아 있었던 것처럼 온통 빨갛다. "마스터가 돌아가셨어요." 룅렌 양의 목소리가 갈라져 있다. "너무도 갑작스럽게요. 지부 형제들이랑 같이 계셨어요. 그러다 연설하는 도중에 테이블 위로 쓰러지셨어요. 심장 마비였는데, 할 수 있는 게 아무것도 없었대요." 나는 내 자리에 앉아 아무 말도 하지 않는다. 마스터는 모두가, 심지어 그 아들들조차 두려워하는, 몹시 말이 없는 사람이었다. 그는 글을 써서 자신을 표현하는 일 역시 어려워했고, 자기가 불러 준 것조차 잘 기억하지 못했다. 그래서 나는 그가 형제들에게 보내는 편지와 추도문 안에 담긴 말들을 언제나 보기 좋게 다듬어 주어야 했다. 편지 내용을 불러 줄 때를 빼면 그는 나에게 아무 말도 하지 않았다. 내가 오늘의 작업 목록을 적어 넣는 동안 룅렌 양은 비난하는 눈으로 나를 빤히 쳐다본다. "적어도 조의는 표할 수 있잖아요." 룅렌 양의 말을 들은 나는 조의가 뭐냐고 묻는다. 그러자 그는 친절하게 설명해 주는 대신 읽던 신문을 다시 펼친다. "에드워드 왕퇴위 연설 들었어요?" 그가 묻는다. "너무 근사하더라. 한 여자를 위해 왕좌를 포기하다니! 그리고 너무 잘생기기도 했고요. 잉리드 왕세자비도 결국 그를 손에 넣지는 못했어요." "그 사람, 레슬리 하워드[12] 닮았어요."

나는 용기를 내어 말하고, 이제는 그게 누구냐고 룅렌 양이 물어볼 차례다. 대신에 룅렌 양은 내게 심슨 부인의 사진 한 장을 보여 주며 말한다. "그 사람이 이런 중년 여자를 사랑할 마음이 들었다는 게 그냥 너무 이상해요. 젊은 여자였으면 좀 더 이해가 갔을 텐데." 만약그 '젊은 여자'가 자기였더라면 세상 사람들도 그 의견에 공감할 거라는 생각이 들었는지, 룅렌 양은 나이 든독신녀다운 모양새를 한 자기 머리를 손으로 빗어 내린다. "그분도 젊었을 때는 잘생겼었는데." 갑자기 마스터를 암시하는 그의 목소리는 꿈에 잠긴 것처럼 들린다. "카를 옌센은 그분이랑 닮았어요. 안 그런가요? 장례식에 입고 갈 검은색 정장을 사야겠어요. 그 돈은 카를한테 갚아야 돼요. 뭘 입고 갈 거예요? 음, 자기는 정장을 입으면 되겠네요. 봄이니까." 룅렌 양은 죽음과 퇴위식 때문에 수다쟁이로 변했다. 이제 분명 큰 변화들이 있을 거라고, 그리고 그 변화란 아마 내가 해고된다는 뜻일 거라고 룅렌 양은 말한다. 애초에 나를 채용하고 싶어 한 사람은 마스터 한 명뿐이었다는 것이다. 이 밝은 전망들이 나를 기쁨과 안도감으로 가득 채운다.

---

12   1893~1943. 영국의 배우. 〈바람과 함께 사라지다〉의 애슐리
      역으로 유명하다.

이제 반년만 지나면 나는 열여덟 살이 되고 이사 나갈 시기가 된다. 모든 면에서, 내가 숨쉬기에 지금의 공기는 너무 탁하다.

로살리아 이모는 살날이 얼마 남지 않았고, 이모와 어머니가 마음 편하게 나누던 대화들은 모두 중단됐다. 이모는 음식을 먹지 못하고 심한 통증을 겪고 있다. 아버지가 눈에 띄기만 하면 어머니가 딱딱거리는 바람에 아버지는 범죄자처럼 발끝으로 걸어 다닌다. 또 슬픔에 시달리는 어머니가 집안일을 할 여력이 없는 탓에 에드빈과 그레테는 아직도 우리 집에 찾아오지 못하고 있다. 어머니가 밤에 아주 조금밖에 잠을 못 자기에, 나는 스스로 일어나기 위해 알람 시계 하나를 샀고 아침 커피도 직접 만들어 마신다. 나는 늘 니나와 함께 저녁 시간을 보낸다. 니나는 깊은 고민 끝에 덤불과 함께 시골에서 사는 게 낫겠다고 결정하고 에곤과의 관계를 정리했다. 이제 거의 매일 밤 선술집이 문을 닫는 시간이면, 나는 우리 아파트 건물 입구에 서서 대개는 실업자고 내가 다시 볼 일 없는 청년들과 키스를 한다. 시간이 좀 지나자 나는 그 남자들을 서로 구별할 수 없게 된다. 하지만 그러면서도 나는 내가 아닌 인간 존재와의 깊은 친밀감을, 사랑이라고 불리는 그것을 갈망하기 시작한다. 나는 사랑이 뭔지 모르면서 사랑을 갈망

한다. 더 이상 이 집에서 살지 않게 되면 그걸 알게 될
거라는 생각이 든다. 그때 내가 사랑할 남자는 다른 누
구와도 다를 것이다. 크로그 씨를 생각하면 그 남자는
젊을 필요도 없는 것 같다. 특별히 잘생길 필요도 없다.
하지만 그 사람은 시를 좋아해야 하고, 내 시들을 가
지고 내가 뭘 해야 할지 조언해 줄 수 있어야 한다. 그
날 밤의 청년에게 작별 인사를 하고 나면 나는 일기장
에 사랑 시를 쓰고, 그 일기장은 내 어린 시절의 시 노
트를 대신하고 있다. 어떤 시들은 훌륭하고 어떤 시들
은 그다지 훌륭하지 않다. 나는 그 차이를 구별할 수 있
게 되었다. 하지만 나는 더 이상 시를 많이 읽지는 않는
데, 그랬다가는 결국 그것들과 비슷한 시를 쓰게 되기
때문이다. 마스터의 장례식은 내게는 끔찍한 시련이다.
묘지에서는 카를 옌센이 직원들과 유족 모두를 위한
연설을 한다. 바람이 그 말들을 다른 방향으로 실어가
버려서 내 귀에는 아무 말도 들리지 않는다. 나는 직원
가운데 가장 나이가 어리고 말단인 사람들 뒤에 선다.
내 곁에는 임신해서 배가 몹시 부른 조리 식품점 점원
이 서 있다. 비가 내리기 시작하자 정장을 입은 나는 몹
시 추워진다. 불현듯 내가 임신했을 수도 있다는 생각
이 머리를 스치고, 전에 그 생각을 한 번도 해 보지 않
았던 게 이상하게 느껴진다. 악셀 역시 아무래도 그런

생각은 해 보지 않았던 것 같다. 임신한 걸 어떻게 알수 있지? 갑자기 내 몸에 임신의 온갖 징후들이 나타나고 있다는 생각이 들고, 만약 그게 사실이라면 어떻게 해야 할지 갈피를 잡을 수가 없다. 언젠가 니나는 자기가 아이를 가질 수 없는 몸이라고 털어놓았었다. 가질수 있었다면 오래 전에 임신을 했을 거라고 말이다. 니나에 따르면 젊은 남자들은 아무런 피임 도구도 사용하지 않는다고, 그보다 무신경할 수는 없다고 한다. 집에 아이를 데리고 돌아오면 안 된다고 늘 강조하는 어머니가 떠오르지만, 그보다도 내가 불확실한 목표를 향해 불확실한 방황을 하는 동안 이 일이 나를 어떤 식으로 방해할지 모른다는 점이 가장 두렵다. 나는 진심으로 아이가 갖고 싶지만, 그게 지금은 아니다. 세상일에는 순서라는 게 있다. 연설이 끝나고 모두들 커피와 맥주를 마시러 갈 때, 나는 룅렌 양에게 이모가 곧 돌아가실 것 같아서 집에 가 봐야겠다고 둘러댄다. 룅렌 양은 믿지 않는 것 같지만 나는 신경 쓰지 않는다. 서둘러 집으로 돌아와 복도 거울에 비친 내 모습을 바라본다. 안색이 나쁜 것 같다. 나는 내 양쪽 가슴을 만져 보고는 건드리면 아픈 것 같다고 생각한다. 슈크림을 떠올리고는 속이 메스꺼운 것 같다고 생각한다. 손으로 납작한 배를 쓸어내리면서 배가 나온 것 같다고 생각한다.

5시 정각, 나는 필레스트레데의 「베를링스케 티엔데」 건물 바깥에 서서 니나를 기다린다. 내가 불안한 마음을 털어놓자 니나는 의사를 찾아가 보라고 한다. 다음 날 나는 결근을 하고 나이 많고 인성이 더러운 보네센 박사에게 간다. 나는 어렵사리 내 용건을 입 밖에 내는 데 성공한다. "무슨 일이 생길 수 있는지 아주 잘 알고 있었을 텐데요." 그는 잔뜩 지친 목소리로 딱딱거린다. "이렇게 흥청망청 즐기기 전에 말이죠." 그는 내게 소변을 담을 병 하나를 주고, 다음날 아침 나는 그것을 꽉 채워 가져간다. 그다음 며칠 동안 룅렌 양은 대체 무슨 생각을 하는 거냐고 내게 물어 댄다. 내가 사람들이 하는 말을 듣고 있지 않아서다. 룅렌 양 자신은 여전히 마스터에 관한 생각과 윈저 공에 관한 생각 사이를 고무공처럼 튀어 다니고 있다. 꼬치꼬치 캐는 듯한 룅렌 양의 시선은 내게 육체적 고통처럼 다가오고, 나는 그가 말한 대로 내가 해고되기를 열렬히 소망한다. 며칠이 지나 마침내 임신하지 않았다는 걸 알게 된 나는 엄청난 안도감에 휩싸인다. "내가 좀 로맨틱한 사람이에요." 세계적으로 유명한 커플들의 사진으로 가득한 잡지를 넘겨 보던 룅렌 양이 털어놓는다. "그래서 이런 걸 봐도 눈물이 나고 그러는 거라고요. 자기는 그럴 수 있어요? 아니면 자기한테는 조금도 로맨틱한 부분이 없으려

나?" 이런 질문에는 항상 비난이 숨겨져 있는 법이어서 나는 얼른 내가 몹시 로맨틱한 사람이라고 확실히 말해 둔다. 로맨틱이라는 단어는 내게 피부색이 짙고 언월도를 든 베두인족들을, 강가에서 보내는 달 밝은 밤들을, 별들로 가득한 짙푸른 밤들을 떠오르게 한다. 나는 외로움을, 가족도 친척도 없는 완전한 부재를, 촛대 하나와 종이 위를 스치며 글자를 만들어 가는 펜 한 자루가 있는 다락방을, 지금 당장은 얼굴과 이름을 알 수 없는 한 남자를 떠올린다. "그래요." 룅렌 양이 사려 깊은 태도로 말한다. "자기도 로맨틱한 것 같긴 해요. 안 그러면 그렇게 아름다운 가사들은 못 쓸 테니까." 그는 이런 말도 한다. "프리랜서 시인으로 일을 시작해 보면 어때요? 돈을 많이 벌 수 있을 텐데." 나는 잠시 우리 집 창문에 표지판을 걸어 놓아도 되겠다고 생각한다. '각종 행사에 쓰일 노래 가사 써 드립니다.' 그러고는 내 이름을 밑에 적는 것이다. 하지만 어머니는 창문에 그런 표지판이 걸려 있는 모습을 그다지 원치 않을 것이다.

마스터의 장례식이 있고 얼마 지나지 않은 어느 날 밤, 어머니가 나를 깨운다. "와 보렴. 때가 된 것 같구나." 어머니는 너무 울어서 얼굴을 제대로 알아볼 수 없을 정도다. 이모의 몸은 활 모양으로 팽팽하게 긴장

돼 있다. 뒤로 젖혀진 고개의 누런 피부 밑으로는 선명한 힘줄들이 두꺼운 밧줄들처럼 드러나 있다. 이모의 목에서는 무시무시하게 그르렁거리는 소리가 난다. 어머니는 이모가 의식이 없는 상태라고 속삭인다. 그러나 이모는 두 눈을 뜨고 있고, 눈알은 눈구멍에서 빠져나가고 싶은 것처럼 이리저리로 돌아간다. 어머니는 나가서 의사에게 전화하라고 말한다. 얼른 옷을 갈아입은 나는 길모퉁이 카페로 가서 시끄럽게 연주하는 빙 앤 뱅의 음악을 뒤로 하고 전화를 빌려 쓴다. 의사는 친절한 남자다. 그는 오랫동안 가만히 서서 우리 이모를 슬프게 바라본다. "마지막 주사를 놔 드려야 할까요." 의사는 주사기로 약을 빨아들이며 마치 혼잣말처럼 말한다. "네." 어머니가 간청한다. "이렇게 고통받는 걸 보기가 너무 끔찍해요." "알겠습니다." 의사가 이모의 깡마른 다리에 주사를 놓자 곧 이모의 모든 근육에서 힘이 빠져나간다. 두 눈이 감기고, 이모는 몸을 뒤로 기대고 누워서 코를 골기 시작한다. "고맙습니다." 감사를 표한 어머니는 주름 잡힌 잠옷을 입고 있다는 사실에 개의치 않고 의사를 따라 밖으로 나간다. 그런 다음 우리는 함께 임종하는 이의 곁에 앉는다. 우리 둘 다 아버지를 깨우려 들지 않는다. 로살리아 이모는 우리 몫이고, 아버지의 인생에서는 그다지 중요하지 않은 등장인

물에 불과하니까. 그날 밤 늦게 이모가 코 골기를 멈추자, 어머니는 숨을 쉬는지 보려고 이모의 입가에 귀를 가져간다. "끝났다." 어머니가 말한다. "주여, 로살리아에게 평안을 주셔서 감사합니다." 어머니는 도로 의자에 앉더니 나를 향해 감정을 억누를 수 없다는 듯한 표정을 지어 보인다. 나는 어머니가 무척 안됐다는 생각이 든다. 어머니를 쓰다듬거나 입을 맞춰 드려야 하는 건지도 모른다. 하지만 그건 절대 할 수 없는 일이다. 어머니가 나를 쳐다보고 있으면 나는 눈물조차 나오지 않는다. 물론 나는 알고 있다. 훗날 어머니는 내게 이모가 돌아가셨을 때조차 울지 않은 애라고 말할 것이다. 그런데도 어쩔 수가 없다. 어머니는 그 사실이 내가 무정한 인간이라는 증거라고 말할 것이다. 아마 머지않아서, 내가 집에서 이사를 나가려 할 때 말이다. 나는 어머니에게 이사를 나갈 거라는 이야기를 한 번도 꺼내지 않았다. 우리는 바짝 붙어 앉았지만 우리의 두 손은 몇 킬로미터나 떨어져 있는 듯하다. "그건 그렇고." 어머니가 말한다. "막 인생을 즐겨 보려던 참에 이렇게 가는구나." "그러게요." 내가 말한다. "하지만 이모는 이제 더 이상 고통받지 않잖아요." 시간이 늦었는데도 불구하고 어머니는 커피를 만들고, 우리는 내 방에 앉아 그것을 마신다. "내일," 어머니가 말한다. "아그네테한테

알리러 가야겠다. 로살리아가 여기 누워 있는 내내 딱 세 번밖에 안 와 봤잖아." 어머니는 다른 사람들의 행동에 화를 내기 시작할 때에야 한없이 깊은 절망으로부터 잠시나마 구원을 받는다. 어머니에 따르면 아그네테 이모는 중요한 순간에 일을 제대로 해낸 적이 한 번도 없었고, 심지어 그들이 어렸을 때도 마찬가지였다고 한다. 그때 항상 두 동생을 고자질했던 아그네테 이모는 동생들보다 조금 더 잘난 아이가 되어야만 직성이 풀렸다. 나는 어머니가 이야기를 하게 놔둔다. 나 자신은 많은 말을 할 필요가 없다. 로살리아 이모가 돌아가셔서 유감이지만, 이 감정은 어린 시절의 내가 느꼈을 법한 감정만큼 강렬하지는 않다. 그날 밤 나는 빙 앤 뱅이 야단법석을 떨어 대는데도 창문을 열어 놓고 잠을 잔다. 그러면서 불쾌하고 숨 막히는 악취가 집 밖으로 빠져나가기를 바란다. 죽음은 내가 한때 믿었던 것처럼 부드럽게 잠드는 일이 아니다. 그것은 잔인하고 추악하며 역겨운 냄새를 내뿜는다. 나는 두 팔로 내 몸을 감싸 안은 채 내가 젊고 건강하다는 사실을 만끽하며 기쁨에 젖는다. 그렇지 않다면 내 청춘은 당장이라도 없애 버리고 싶은 하나의 결함이자 방해물에 지나지 않을 테니까.

15

"우리가 이사를 온 건 모두 널 위해서였는데." 어머니의
목소리는 침통하다. "너한테 글을 쓸 방을 갖게 해 주
려고 그랬지. 그런데 넌 신경도 안 쓰는구나. 그리고 이
제 네 아버지는 다시 실업자가 됐지. 네가 집에 갖다 주
는 돈 없이는 지낼 수가 없는데." 아버지가 일어나 앉더
니 두 눈을 비빈다. "아니." 아버지는 성난 소리를 낸다.
"아니, 우린 지낼 수 있어. 자식들 없이는 살아갈 수 없
다면 상황이 너무 엉망인 거지. 걔들을 위해 모든 걸 희
생하고 나서 막 걔들 덕을 조금 보려고 하면 걔들은 사
라져 버려. 에드빈도 똑같았어." "에드빈은 상황이 달랐

지. 개는 남자잖아." 어머니는 순전히 반대하고 싶은 마음에 그렇게 말한다. 나는 숨쉬기가 조금 편해진다. 이제 상황이 부모님 둘 사이의 싸움으로 바뀌어 있어서다. 우리는 다이닝 룸에 앉아 저녁을 먹는 중이다. 우리가족은 본격적인 식사를 저녁이 아닌 정오에 미리 하는 습관을 갖고 있다. 아버지의 옛 직장은 근로 일정이 들쭉날쭉했었기 때문이다. 지금은 이러나저러나 아무런 상관이 없지만 말이다. 왜냐하면 이제는 나도 실업자가 됐으니까. 나는 생일을 2주 앞두고 사무실에서 해고되었다. 하지만 모레부터 시작할 새로운 일을 구했고, 방도 하나 구했다. 이삿날은 내일이다. 부모님에게는 미리 알려 드렸었다. 내가 접시들을 밖으로 내가는 동안 부모님은 그 일을 두고 말다툼을 한다. "쟤는 정말 무정한 애야." 어머니가 울면서 말한다. "꼭 우리 아버지 같아. 로살리아가 가던 날 밤에도 판자처럼 뻣뻣하게 앉아서는 눈물 한 방울도 안 흘렸다니까. 진짜로 무서웠어, 디틀레우." "그렇지 않아." 아버지가 화를 낸다. "마음씨는 충분히 착한 애야. 그냥 당신이 쟤들을 죄 잘못 키워서 그렇지." "그럼 당신은." 어머니가 소리친다. "당신은 쟤들 안 키웠어? 사회주의자나 돼서 스타우닝 수염에다가 콧물이나 닦으라고 키웠잖아. 아니, 로살리아는 죽었고, 이제 토베도 이사를 나간다니까

난 더 이상 살아갈 이유가 없어. 당신은 일이 있든 없든 항상 누워서 굴러다니면서 코나 골고 있지. 보고 있으면 죽도록 짜증나는 거 알아?" "그럼 당신은." 아버지가 미친 듯 화를 낸다. "당신 머릿속에 든 건 당신네 친정 식구들이랑 왕족 말고 뭐가 있는데. 몇 분에 한 번씩 미용실로 도망칠 수만 있으면 남편은 굶어 죽든 말든 신경도 안 쓰잖아." 다행히도 이제 어머니는 화가 나서 흐느끼고 있을 뿐, 내가 이사를 나가는 게 슬퍼서 울고 있지는 않다. "남편 좋아하네." 어머니가 악을 쓴다. "뭐 이딴 개떡 같은 남편이 다 있어. 당신은 심지어 이제 나한테 손도 안 대잖아. 하지만 난 백 살 먹은 할머니도 아니고, 세상에는 딴 남자들도 있다고!" 쾅! 어머니는 침실 문을 닫고 침대 위로 몸을 던지고는 계속 흐느껴 운다. 아마도 온 건물 사람들에게 다 들릴 것이다. 나는 식탁에서 식탁보를 벗겨 내 접는다. 우리는 더 나은 동네로 이사 온 뒤부터 「소시알 데모크라텐」지를 식탁보 대용으로 사용하지 않고, 덕분에 나는 안톤 한센이 나치 독일을 소재로 그린 우울한 그림들을 더 이상 보지 않아도 된다. 아버지는 이목구비의 위치를 전부 바꿔 놓고 싶은 것처럼 한 손으로 얼굴을 박박 문지르더니 피로한 목소리를 낸다. "네 어머니가 지금 힘든 나이다. 신경줄이 튼튼하지가 못한 거야. 그걸 네가 생각을 해 줘야 돼." "네." 내가 불편해하며 대답한다. "하지만 저도 제 인생을 살고 싶어요, 아버지. 그냥 저 자신이 되고 싶어요." "알다시피 그러라고 우리가 너한테 방을 준 거잖니." 아버지가 말한다. "거기 있으면 너 자신이 될 수도 있고, 시도 마음대로 쓸 수 있잖아." 나는 부모님이 내 시를 언급할 때가 싫다. 이유는 나도 모르지만. "그게 다는 아니에요." 나는 커튼 뒤쪽으로 향한다. "친구들을 초대할 수 있는 공간을 갖고 싶어요." "그래, 알겠다." 아버지는 다시금 얼굴을 문지른다. "그건 네 어머니가 허락 안 할 거야. 하지만 어쨌든 너 자신을 잘 돌봐야 한다." "네." 나는 그렇게 약속하면서 마침내 그곳에서 빠져나와 나만의 방으로 들어간다. 그러고는 몇 안 되는 내 물건들을 싼다. 하지만 침실에 있는 수납장을 비우려면 어머니가 다시 다이닝 룸으로 갈 때까지 기다려야 한다. 베스테르브로에 계속 머물면 제대로 독립할 수 없을 것 같다고 생각한 나는 외스테르브로에 있는 방을 빌렸다. 집주인 여자는 마음에 들지 않지만 집세가 한 달에 40크로네밖에 안 돼서 그냥 빌리기로 했다. 겨울 코트 값과 치과 치료비를 아직 갚아 나가고 있긴 하지만, 환전소에서 일하면 한 달에 100크로네씩 받을 테니 생활비는 충분할 것 같다. 집주인 여자는 덩치가 크고 육중하다. 탈색한 머리는 이리저리 헝

클어져 있고, 행동거지는 마치 엄청난 재앙을 코앞에 둔 사람처럼 과장돼 있다. 거실에는 히틀러의 커다란 사진 한 장이 걸려 있다. "봐요." 내가 방을 빌릴 때 여자는 이렇게 말했었다. "잘생기지 않았어요? 언젠가 이 사람은 전 세계를 지배할 거예요." 여자는 덴마크 나치 당 당원이고, 자기들이 덴마크 청년들의 가입을 받으려고 하는데 나도 당에 들어올 생각이 없느냐고 묻는다. 나는 없다고, 정치에 대해서는 아무것도 모른다고 대답한다. 그러면서 이 여자가 어떤 사람이건 그건 내가 상관할 일은 아니라고 생각한다. 중요한 건 그 방이 싸다는 사실뿐이다. 나는 다음날 그곳으로 이사를 간다. 슈트케이스 하나와, 슈트케이스에는 들어가지 않는 알람 시계를 들고 시가 전차를 탄 나는 두 정류장 사이에서 울리기 시작한 알람 시계를 끄면서 바보처럼 미소 짓는다. 오직 나만 작동시킬 수 있는 이 까다로운 알람 시계는 노인처럼 괴팍하고 천식에 걸린 것처럼 힘들어하는데, 너무 느려지거나 빽빽하게 움직이면 나는 그것을 바닥에 던져 버린다. 그러면 시계는 다시금 완전히 친절하고 상냥하게 변해서는 똑딱똑딱 가기 시작한다. 집주인 여자는 내가 처음 본 날 입었던 헐렁한 기모노를 입고 나를 맞는다. 극적인 몸짓도 그날과 똑같다. "혹시 약혼은 안 했죠?" 여자가 한 손으로 심장 근처를 누르며 묻는다. "네." 내가 대답한다. "하느님 감사합니다." 여자는 위험한 상황에서 빠져나오기라도 한 것처럼 안도한 표정으로 숨을 내쉰다. "남자들이란! 아가씨, 내가 한 번 결혼을 해 봤거든요. 그 남자는 술만 마시면 나를 시커멓고 시퍼런 멍이 들 때까지 때렸는데, 난 그 인간을 먹여 살리기까지 해야 했어요. 그런 일들은 독일에선 용납이 안 돼요. 히틀러는 그런 걸 그냥 넘어가 주지 않을 거예요. 일을 안 하려고 드는 사람들은 강제 수용소에 들어가게 되죠. 저 알람 시계는 시끄럽게 울리는 건가요? 난 잠을 잘 못 자고, 이 집에선 어떤 소리든 다 들리거든요." 그 시계가 울리면 전 국민이 다 들을 수 있을 정도지만, 나는 거의 안 들리는 거나 마찬가지라고 장담한다. 마침내 여자는 자리를 뜨고, 나는 내 새 집을 차분하게 둘러볼 수 있게 된다. 방은 아주 작다. 꽃무늬 커버가 씌워진 소파 하나, 그것과 똑같은 스타일의 안락의자 하나, 테이블 하나, 그리고 비뚤어진 서랍 손잡이들이 달랑거리는 낡은 수납장 하나가 있다. 수납장의 서랍 중 하나에는 열쇠가 들어 있어서, 나는 드디어 오직 나에게만 속한 무언가를 가질 수 있게 된다. 방 한쪽 구석에는 커튼이 쳐져 있고, 커튼 뒤에는 막대기 하나가 달려 있다. 옷장으로 쓰도록 마련된 공간이다. 살짝 깨진 세면대와 물주전자도 있다. 이 방은 니나의 방과 마찬가지로 얼어붙을 것같이 춥고, 난로도 없다. 나는 커튼 뒤에 옷들을 걸어 놓고는 밖으로 나가 타자 용지 100장을 산다. 그러고는 마지막으로 남은 10크로네로 타자기 한 대를 빌려 와서 금방이라도 부서질 듯한 테이블 위에 그것을 올려놓는다. 나는 안락의자를 책상 가까이로 끌어당기지만, 내가 앉자마자 의자가 무너져 내린다. 내가 40크로네를 내면서 원했던 건 테이블과 의자가 전부였는데, 그런 걸 구하려면 어쩌면 더 높은 가격대의 집을 골라야 했던 건지도 모르겠다. 나는 밖으로 나가 거실 문을 두드린다. 거실에는 집주인 여자가 앉아서 라디오를 듣고 있다. "수르 부인. 의자가 망가져서요. 안 망가진 의자 하나 빌릴 수 있을까요?" 여자는 정말로 재난에 가까운 소식을 들은 것처럼 나를 노려본다. "망가져요? 완벽하게 좋은 의자였는데. 그거 내 결혼식 날까지 거슬러 올라가는 의잔데." 여자는 내 방에 들이닥쳐 피해를 조사하더니 손을 내밀며 말한다. "손해배상조로 5크로네 내셔야 될 것 같네." 나는 다음달 1일까지는 돈이 없다고 대답한다. 그러자 여자는 화난 목소리로 의자 값을 달아 둘 테니 집세랑 같이 내라고 한다. 나는 방을 나서는 여자를 따라가며 망가지지 않은 의자 하나만 달라고 애원한다. "노상강도가 따로 없네." 여자는 자기 심장 근처를 다시 문지르며 또 버럭 화를 낸다. "방들을 세 줘 봤자 손톱만큼도 남는 게 없는데. 아가씨도 아마 내 집에 남자들이나 끌고 오는 걸로 끝나겠지." 여자는 히틀러에게 탄원하는 눈빛을 보낸다. 마치 어떤 남자건 나타나기만 하면 히틀러가 몸소 내쫓아 주기라도 할 것처럼. 그러더니 여자는 다른 방으로 들어가는데, 거기에는 단단하고 꼿꼿한 의자들이 한쪽 벽을 따라 줄지어 놓여 있다. "자요." 그중에서 제일 낡은 의자를 고른 여자가 짜증이 묻은 목소리로 툴툴거린다. "그럼 이거 가져가요." 나는 정중하게 감사 인사를 하고 의자를 내 방으로 가지고 들어온다. 의자의 높이는 테이블과 잘 맞는다. 이제 나는 내 시들을 타자기로 치기 시작하고, 그러자 어쩐지 시들이 더 나아지는 것처럼 느껴진다. 이 작업을 하는 동안 내 마음은 평온함으로 가득 차고, 이것이 언젠가는 한 권의 책으로 변할 거라는 꿈은 전보다 더 강렬하고 선명한 빛깔로 자라난다. 그때 갑자기 집주인 여자가 문간에 나타난다. "저거." 여자가 타자기를 가리킨다. "저게 끔찍한 소음을 내는구나. 기관총 소리 같다고요." "이제 거의 다 했어요." 내가 대답한다. "다른 때는 저녁에만 타자기를 써요." "그래요, 알았어요." 여자가 노란 머리를 흔든다. "하지만 11시 이후에는 안 돼요. 여기선 온갖 소리가 다 들린다고요. 참, 오늘밤에 히틀러 연설 들고 싶지 않아요? 난 그 사람 연설이라면 전부 듣는데, 아주 훌륭하더라고요. 남자답고, 힘차고, 공감도 가고!" 여자가 한쪽 팔로 열띤 몸짓을 하는 바람에 풍만한 가슴이 드러나 보인다. "아뇨." 나는 불안해하며 말한다. "저…… 저는 오늘 밤에 집에 없을 것 같아서요." 하지만 오늘 밤 나는 집에 있을 것이다. 삼림 감독관이 니나를 찾아오는 날이라 나는 갈 곳이 아무데도 없다. 나는 코트를 입고 있는데도 얼어붙을 듯한 추위를 느끼며 앉아 있고, 히틀러가 바로 내 옆에 서 있는 것처럼 그의 연설이 벽을 타고 울려오는 바람에 글쓰기에 집중할 수도 없다. 으르렁거리는 그 연설은 위협적으로 들려서 나는 몹시 불안해진다. 히틀러는 오스트리아에 관해 이야기하고, 나는 코트 단추를 목까지 채우고 구두 속의 발가락을 움츠린다. "하일"이라는 리드미컬한 외침이 그의 연설에 끊임없이 끼어든다. 이 방 안에서 나는 숨을 곳이 없다. 연설이 끝나자 열에 들떠 두 볼이 빨개진 수르 부인이 눈을 빛내며 내 방에 들어온다. "들었어요?" 부인이 황홀해 하며 소리친다. "그 사람이 한 말 이해가 가요? 전혀 이해가 안 가도 돼요. 한증막에 있을 때처럼 피부로 곧바로 스며드는 말들이니까. 난 그 단어들 전부 **흡수했다니까요.** 커피 한잔 할래요?" 하루 종일 아무것도 먹지도, 마시지도 못했지만 나는 괜찮다고 말한다. 히틀러 사진 밑에 앉아 있고 싶지는 않기 때문이다. 그랬다간 그자가 나를 알아보고, 나를 찌부러뜨릴 방법을 찾아낼 것만 같다. 내가 하는 작업은 독일에서는 '퇴폐 예술'로 여겨질 것이다. 크로그 씨가 독일 인텔리겐치아에 대해 말했던 것들이 떠오른다. 다음날 나는 환전소의 타자 전담 부서에서 일을 시작하고, 히틀러는 오스트리아를 침공한다.

16

"카리오카 춤 출 줄 알아요?" 속기 작업을 하던 나는 고개를 들고 모른다고 대답한다. 나는 내게 속기할 말을 불러 주고 있는 서기를 바라본다. 그는 정말 잘생겼지만 자기 일을 진지하게 여기지 않는 사람이다. 의자에 몸을 기댄 채 게으르게 앉아 있는 그는 이따금 옆에 놓인 맥주를 한 모금씩 마신다. 그러다가 손으로 입을 가리지도 않고 큰 소리로 하품을 한다. "좋아요." 그가 피곤한 목소리로 말한다. "어디까지 했죠?" 우리는 건물 꼭대기 층에 있는 커다란 방 안에 앉아 있다. 여기에는 책상들도, 앉아서 일하고 있는 서기들도 많다. 타자수가 필요할 때마다 서기들은 아래층 우리 사무실에 전화를 걸고, 감독관은 우리 중 한 명을 올려 보낸다. 나는 이 일이 좋지만 서기들은 나를 절망하게 한다. 그들은 일보다는 잡담을 더 많이 하고, 그러는 동안 서류는 빨간 글씨로 '긴급!'이라고 적힌 파란색 서류철 안에 방치되어 있다. 그 안에는 갖가지 종류의 신청서들이 들어 있는데, 각각의 신청서에는 동봉한 요청이 거부당하면 자살해 버리겠다고 암시하는 위협적인 편지가 한 통씩 딸려 있다. 모든 신청자는 왜 **자기가** 제품 수입을 허가받아야 하는지에 대해 쓰면서 뿌리치기 어려울 만큼 절박한 사연들을 적어 넣는다. 나는 카리오카 춤이라면 웬만큼 출 수 있지만, 지금은 근무 시간이고 나는 이제껏 내가 받아 본 것 중에 최고로 많은 봉급을 받고 있다. "얼굴 펴요." 서기가 미소 지으며 말한다. "그러다 주름살 굳어지겠어요." 나는 계단을 한달음에 달려 내려가서는 사무실로 들어가 편지를 타자로 친다. 편지는 거절하는 내용을 담고 있다. 나는 형제들에게 보내는 편지를 고쳐 썼던 때처럼 편지의 말투를 조금 더 친절하고 덜 딱딱하도록 고쳐 보지만, 여기서 그런 일은 허용되지 않는다. 결국 나는 편지를 처음부터 전부 다시 타자로 쳐야 하고, 속기한 내용대로만 써 달라는 요청도 받는다. 나 같은 젊은 여직원이 스무 명쯤 있는 사무실은 꼭 교실처럼 보인다. 여직원이 한 명씩 앉아 있는 책상들이 기다랗게 세 줄로 놓여 있다. 저 멀리 앞에서 선생님처럼 우리를 마주보고 앉아 있는 감독관은 소음이 심해질 때마다 엄한 태도로 우리를 조용히 시킨다. 동료 여직원들은 모두 무척 세련된 모습이다. 딱붙는 원피스와 하이힐 차림에 얼굴에는 진한 화장을 하고 있다. 어느 날 그들 중 한 명이 내 입술과 뺨과 눈에 화장을 해 주자 그들은 모두 내가 훨씬 예뻐 보인다면서 매일 화장을 하고 다니라고 조언한다. 이제 나는 저녁에 니나와 외출할 때면 니나의 화장품들을 빌리기 시작한다. 그렇게 한동안 니나와의 밤 생활이 계속된다. 내 모든 시들을 타자로 쳐서 옮긴 뒤에는 추위로 이를 딱딱 부딪쳐 가며 방 안에 가만 들어앉아 있어야 하는 상황을 견딜 수가 없었던 것이다. 그러는 동안 매일의 낮과 밤은 마치 무대에서 어떤 일이 벌어지기 직전에 연주되는 조용한 드럼 연타처럼 흘러간다. 다소 단조롭게, 빠른 속도로. I. P. 옌센에서의 끔찍했던 몇 해가 지나갔고, 나는 열여덟 살이 되었고, 가족으로부터 도망쳐 나왔다. 어느 날 저녁 헤이델베르에서 나는 키가 크고 머리가 금발인 젊은 남자와 춤을 춘다. 그는 어쩐지 다른 평범한 청년들과 다르고, 그들처럼 말하지도 않는다. 그는 내게 샌드위치를 대접해도 되겠느냐고 묻는다. 나는 여자 친구와 함께 왔다고 대답한다. 그는 상관없다고 하고, 그렇게 우리 셋은 함께 샌드위치를 먹는다. 그가 자기소개를 하자 니나는 만족한 듯하면서도 조금은 놀란 표정으로 그를 쳐다본다. 알베르트라는 이름을 가진 그는 다른 남자들보다 옷차림이 근사한데, 어쩌면 심지어 대학생일 수도 있다. 우리는 샌드위치를 먹고 맥주를 마시고, 나는 나이프와 포크를 서투르게 만지작거리며 다른 사람들이 그 도구를 어떻게 쓰는지 지켜본다. 우리 집에서는 음식을 먼저 칼로 자른 다음 포크로 찍어 먹기만 했기 때문이다. 알베르트는 내게 사는 곳과 직업을 물어본다. 또 수입이 얼마나 되는지 묻더니 그걸로 생활이 되느냐고도 묻는다. 질문 자체는 특별하지 않지만, 다른 젊은 남자들은 자기 자신에 관한 얘기 말고는 그 어떤 얘기도 하지 않았었다. 나는 알베르트에게 나 자신과 내 인생에 대한 모든 걸 털어놓고 싶다는 엄청난 욕망에 시달린다. "어쩌면." 내가 말한다. "조만간 조금 더 벌 수 있게 될지도 몰라요. 있죠, 저는 시를 쓰거든요." 나는 보통은 그런 말을 꺼내지 않는다. 특히 그곳처럼 소음과 웃음소리와 음악이 온통 뒤섞인 장소에서는 더더욱. 하지만 더 이상은 참기 힘들다는 생각이 든다. 게다가 내가 알베르트를 다시 볼 기회가 있을지는 아무도 모른다. "아." 그가 놀란 듯 입

을 연다. "그건 예상치 못한 대답이네요. 훌륭한 시들인
가요?" 그가 내 옆에서 미소 짓는다. 꼭 나를 은근히 재
미있어 하는 것처럼. 그것 때문에 나는 불쾌해진다. 얼
굴이 붉어지는 게 느껴진다. "네. 어떤 시들은요." "그
중에서 외우고 있는 시가 있으신가요?" 그가 샌드위치
를 우적우적 씹으며 말한다. "네, 있어요." 내가 대답한
다. "하지만 여기서 들려 드리고 싶진 않아요." "그럼 여
기다 적어 보세요." 그가 냅킨 한 장을 내 쪽으로 밀며
속삭인다. 그러고는 연필 한 자루를 주머니에서 꺼내
더니 내게 건넨다. 어떤 시를 적지? 어떤 게 제일 잘 쓴
거지? 여기다 무엇을 써넣을지가 어마어마하게 중요한
문제처럼 느껴진다. 나는 한동안 연필을 물어뜯은 뒤에
이렇게 적는다.

> 네 작은 목소리를 들어 보지 못했어
> 네 창백한 입술은 내게 미소 지은 적도 없지
> 그리고 네 작은 두 발의 발길질
> 그건 내가 영영 볼 수 없는 일

그 연을 오랫동안 주의 깊게 들여다보던 그는 이게 무
엇에 관한 시냐고 묻는다. "아이예요. 사산된 아이." 그
는 아이를 사산한 적이 있느냐고 내게 묻고, 나는 아니
라고 대답한다. "절대 그럴 리는 없겠죠." 그는 이렇게

말하면서 호기심 가득한 눈으로 나를 유심히 쳐다본다. 어떤 청년과 춤추고 있던 니나는 우리 테이블을 지나쳐 가면서 내게 격려의 윙크를 보낸다. 니나는 내가 그 상황을 이용해야 한다고 생각한다. 나도 해 볼 것이다. 나만의 방식으로 말이다. 알베르트가 내 시선을 따라간다. "친구가 상당히 미인이시네요." 그가 말한다. "맞아요." 나는 대답한다. 어쩌면 그는 나 말고 니나를 찜했어야 했다며 후회하고 있을지도 모른다. 하지만 나는 이제 그런 쪽에는 관심이 없다. "혹시요." 나는 밀어붙이기로 한다. "이런 시를 출판하려면 어디로 보내야 하는지 아시나요?" "네, 그럼요." 그는 너무나도 일상적인 무언가에 관한 질문을 받았다는 듯이 대답한다. "『밀알』이라는 잡지 아세요?" 내가 모른다고 하자 그는 알려지지 않은 젊은 작가들이 시와 그림을 실을 수 있는 매체라고 말해 준다. 알베르트는 비고 F. 묄레르라는 남자가 그 잡지를 편집한다고 말하면서 또 다른 냅킨 하나에 그의 이름과 주소를 쓴다. "최근에 이분을 만나 뵈러 갔었거든요." 그렇게 무심한 태도로 말하는 걸 보면 그는 분명 그 일을 자랑스러워하고 있다. "무척 좋은 분이고, 젊은 작가들의 예술에 대해서도 굉장히 잘 이해하고 계세요." 나는 알베르트에게 조심스레 묻는다. 혹시 당신도 글을 쓰는지. 그러자 그는 이번에도 무심한 말투로, 남는 시간에 시 몇 편씩을 종이에 써 봤는데 그 중 여러 편이 이미 『밀알』에 실렸다고 대답한다. 그 이야기를 들은 나는 너무 놀라 말이 나오지 않는다. 내가 시인 옆에 앉아 있다니. 상상조차 하지 못한 일이다. 니나가 돌아왔을 때도 나는 여전히 입을 열지 못한다. 니나는 멋진 두 눈썹을 추켜올리며 저 남자랑 토베가 아무 진도도 못 나갔구나 하고 생각한다. '하이델베르크에서 나는 마법 같은 한 쌍의 눈동자와 사랑에 빠졌지……' 모두가 일어서서 맥주가 가득 든 커다란 잔을 앞뒤로 흔들며 노래를 부른다. 알베르트 역시 자리에서 일어서 있는데, 갑자기 그의 태도에 무언가 초조한 기색이 드러난다. 나는 그의 시선을 따라가다가 댄스플로어 건너편에 혼자 앉은 채 몹시 심각한 얼굴을 하고 있는, 젊고 가냘픈 여자 한 명을 발견한다. 음악이 나오기 시작하자 알베르트는 계산을 하고, 니나와 나에게 조금 어색하게 허리 굽혀 인사하더니 그 여자에게 가서 춤을 청한다. "네가 잘못한 거야." 니나는 짜증을 낸다. "쟤 진짜 귀여웠는데." 하지만 사실 나는 신경 쓰지 않는다. 나는 내가 갈망하는 세상의 한 귀퉁이를 붙잡았고, 이제 그걸 놓을 생각이 없다. 나는 냅킨을 핸드백에 집어넣고 내 친구에게 알 듯 모를 듯한 미소를 지어 보인다. "집에 가서 타자 좀 쳐야겠어." 내가 말한다. "그

마녀가 잠에서 깨지만 않는다면." "갈수록 태산이네." 니나가 말한다. "그 여자, 너희 어머니랑 하나도 다를 게 없잖아." 나는 휴대품 보관소로 가서 코트를 찾는다. 그러고는 매서운 추위에도 아랑곳없이 집까지 쭉 걸어 가면서 커다란 행복을 느낀다. 이름 하나, 주소 한 줄. 여기까지 오는 데 얼마나 오랜 시간이 걸린 걸까. 아니, 어쩌면 이걸로는 충분치 않을지도 모른다. 어쩌면 이 사람은 내 시들을 원하지 않을 수도 있다. 내 시들을 접 하기 전에 죽어 버릴지도 모른다. 어쩌면 이미 죽었는 지도 모른다. 비고 F. 묄레르가 몇 살인지 알베르트에게 물어봤어야 했는데. 나는 그 이름을 계속 이렇게 저렇 게 생각해 보며 'F'가 무엇의 약자일지 궁금해한다. 프 란츠? 프레데리크? 핀? 만약 내 편지가 우체국에서 분 실돼서 그에게 가지 못하면 어떡하지? 알베르트가 내 게 아예 틀린 이름을 주고 나를 속인 거라면? 어떤 사 람들은 그런 종류의 장난이 굉장히 재미있다고 생각하 니 말이다. 그럼에도 마음속 깊은 곳에서 나는 이번 일 이 잘 풀려나갈 거라고 믿는다. 내가 내 방으로 살금살 금 걸어 들어왔을 때는 새벽 2시가 되어 있다. 나는 소 파용 담요를 몇 번 접은 다음 타자기 밑에 집어넣어서 소리가 덜 나게 한다. 그러고는 시 세 편을 고르고, 그 것들과 같이 보낼 편지를 쓴다. 그 사람이 봤을 때 이 일이 내게 너무 중요하다는 인상을 주지 않을 만큼 짧게, 적당히 의례적으로. '비고 F. 묄레르 편집자님께. 귀하의 잡지 『밀알』에 실어 주시기를 바라며 세 편의 시를 동봉합니다. 진심 어린 존경을 담아, T. D.' 나는 편지를 들고 가장 가까운 우체통으로 달려가 그것이 언제 수합될지 살펴본다. 편집자가 언제 그것을 받아 볼지, 언제 답장을 쓸 수 있을지 알아내고 싶다. 나는 집으로 돌아와 알람 시계를 맞추고 잠자리에 든다. 깃털 이불 위에 내가 가진 모든 옷을 꺼내 덮었는데도, 그 아래 누운 나는 잠들기 전까지 오랫동안 추위에 떤다.

17

매일 저녁 나는 사무실에서 집으로 달려와 수르 부인에
게 내게 온 편지가 있느냐고 묻는다. 그런 편지는 없다.
수르 부인은 몹시 궁금해 하면서 내게 가족 중에 누가
아프냐고 묻는다. 우편으로 배달될 돈을 기다리고 있
느냐고도 묻고, 망가진 의자 값으로 내가 내야 할 5크
로네가 있다는 사실도 상기시켜 준다. 이따금씩 부인
은 내게 배가 고프냐고도 묻지만, 나는 저녁을 먹는 일
이 드문데도 배는 전혀 고프지 않다. 가끔씩은 「베를링
스케 티엔데」의 구내식당에서 니나와 함께 식사를 한
다. 그곳은 싸지만 직원만 이용할 수 있다. 집주인 여

자는 내가 자꾸 말라가고 있다고, 내가 자기 딸이었으면 제대로 살을 찌워 놓았을 거라고 한다. 부인이 만들고 있던 저녁 음식 냄새를 알아차리자 결국 배가 고파지지만, 돌이키기에는 너무 늦었다. 평소에는 집에 오기 전에 외스테르포르트 역에서 커피 한 잔과 함께 페이스트리 한 조각을 사 먹는다. 사실 그건 무척 빠듯한 생활비로 살고 있는 나로서는 감당하기 어려운 사치다. 사무실의 다른 여직원들도 다들 비슷한 처지다. 그들 가운데 대부분은 가족들과 함께 살고 있는데도 말이다. 월말이 다가오면 그들은 서로에게서 돈을 빌리는데, 내게 여윳돈이 조금이라도 있었다면 나한테서도 빌려 갔을 것이다. 물론 거절하더라도 그들은 상처받지 않는다. 그들의 가난은 괴롭거나 슬픈 것이 아닌데, 그건 그들 모두가 뭔가를 기대하고 있기 때문이다. 그들은 모두 더 나은 삶을 꿈꾼다. 나 역시 그렇다. 가난은 일시적이고 참을 만한 것이다. 그것은 진정한 문제가 아니다. 니나에게는 돈을 빌려 쓸 어머니가 있고 덤불도 있다. 니나의 어머니는 뚱뚱하고 친절하며, 어떤 것도 마음 깊숙이 담아 두지 않는 성격을 갖고 있다. 그는 다른 집들을 청소해 주며 생계를 해결하고, 한 남자와 같이 산다. 그 남자는 열두 살인가 열세 살 먹은 니나의 이부 남동생의 아버지다. 니나가 그 집에서 자라지 않았고, 그저 그곳에 가끔 들르기만 할 뿐이라는 건 얼핏만 봐도 알 수 있다. 코펜하겐도 마찬가지다. 니나에게는 이 도시 역시 잠깐씩만 들르는 장소일 뿐이다. 나는 진심으로 시골에 살고 싶어 하는 니나를 이해하지 못한다. 편지를 기다리는 동안 나는 저녁 외출을 하지 않고, 방에 멍하니 앉은 채 추위에 떨면서 복도에서 들려오는 소리에 귀를 기울인다. 속달 우편물은 정규 배달 시간이 아닐 때도 배달될 수 있다는 걸 알고 있기 때문이다. 물론 내가 속달 우편물을 받을 거라는 근거는 하나도 없지만, 그럼에도 나는 초인종 소리에 귀를 기울인다. 어느 날 저녁, 수르 부인의 집에서는 정치 모임이 열리고, 부츠를 신은 한 떼의 남자들이 몰려 들어간 거실에서는 이내 끔찍한 소동이 벌어진다. 그들은 거실에서 철컥 소리를 내며 부츠 뒤꿈치를 붙이더니 히틀러의 사진을 향해 "하일!"이라고 외친다. 여자들도 많이 참석해 있다. 그들의 목소리는 수르 부인의 목소리처럼 높고 날카롭고, 늘 그렇듯 나는 내가 그들 중 누구의 눈에도 띄지 않기를 바란다. 그들이 「호르스트 베셀의 노래」[13]를 부르며 바닥에 발을 굴러대는 바람에 벽이 흔들

---

13 독일 나치당 당가로, 1933년부터 1945년까지 독일의 공동
    국가로 사용되었다.

린다. 두 볼이 빨개지고 머리가 사방으로 뻗친 수르 부인이 내 방에 들어온다. 여전히 기모노를 입고 있는 부인은 불이 난 집에서 도망쳐 나온 사람 같다. "아." 부인이 숨을 헐떡인다. "우리랑 같이 총통님께 건배 안 할래요? 들어와서 이 멋진 동료들 모두한테 인사해요. 우리의 대의를 위한 투쟁에 동참하세요." "아뇨." 나는 겁에 질려 둘러댄다. "저는 끝내야 할 일이 있어서요. 사무실에서 못다 한 잔업이에요." 나는 그들이 내가 일하고 있다고 생각하도록 열심히 타자기를 두드리면서 슬픔과 불안 속에서 온 세상에 내려앉을 어둠에 대해 생각한다. 그러면서도 한쪽 귀는 복도에 맞춰 놓는 걸 잊지 않는다. 속달 우편물, 아니면 전보. 어떤 식으로 올지 모른다⋯⋯. 며칠 뒤 퇴근하고 집에 들어온 나는 한 손에 편지 한 통을 든 수르 부인과 마주친다. "흠, 기다리던 그 편지가 온 것 같네요." 부인의 눈빛은 사건에 굶주려 있다. 부인의 손에서 편지를 낚아챈 나는 내 방으로 들어가려 하지만 그가 길을 막는다. "지금 뜯어 봐요." 그는 숨을 헐떡인다. "나도 덩달아 흥분이 돼서 그래요." "안 돼요." 나는 심장의 쿵쾅거림을 느끼며 대답한다. "철저히 개인적이고 내밀한 편지라서요. 비밀 메시지라고 해야겠네요." "오, 맙소사!" 수르 부인이 한 손을 심장 근처에 올리면서 속삭인다. "정치적인 거예요?" "네." 나는 생각다 못해 그렇게 대답한다. "정치적인 거예요. 지나가게 해 주세요." 수르 부인은 마치 내가 현대판 마타 하리[14]이기라도 한 것처럼 나를 쳐다보더니 결국 강렬한 인상을 받은 표정으로 물러난다. 마침내 나는 내 편지와 함께 혼자가 된다. 편지는 지나치게 두꺼워서, 나는 편집자가 내 시들을 전부 돌려보냈을지도 모른다는 두려움에 다리가 후들거린다. 나는 창가에 앉아 작은 마당을 내려다본다. 땅거미가 쓰레기통 근처를 감싸고 있고, 맞은편 건물에는 불들이 하나둘 켜지고 있다. 나는 간신히 봉투를 뜯고, 편지를 꺼내고, 읽는다. '친애하는 토베 디틀레우센 양에게. 귀하의 시 두 편은, 조심스럽게 말씀드리자면, 그렇게 탁월해 보이지는 않습니다. 하지만 세 번째 시 「내 죽은 아이에게」는 사용할 수 있을 것 같습니다. 마음을 담아, 비고 F. 묄레르.' 나는 조심스럽게 말하자면 그렇게 탁월해 보이지는 않는 두 편의 시를 곧바로 찢어 버리고는 편지를 한 번 더 읽는다. 그가 내 시를 자기 잡지에 싣고 싶어 한다. 이 사람이 내가 평생 동안 기다려 온 사

---

14   1876~1917. 1차 세계 대전 중 스파이로 활동하다 붙잡혀
      처형된 네덜란드 출신의 무용가 마르하레타 헤이르트라위다
      젤러의 활동명

람이다. 내게는 니나에게 빌린 돈으로 산 『밀알』 한 권
이 있다. 거기에는 어떤 여성 — 훌다 뤼트켄[15] — 이 쓴
시 한 편이 실려 있다. 여자는 시인이 될 수 없다고 했
던 우리 아버지의 말을 잊을 수 없었던 나는 그 시를
여러 번 읽었다. 아버지의 말을 믿지는 않지만, 그의 말
들은 내게 큰 영향을 미쳐 왔었다. 나는 내 기쁨을 누군
가와 나눠야만 한다. 집에는 그 이야기를 하고 싶지 않
고, 니나는 그것이 내게 어떤 의미인지 이해하지 못할
것이다. 이해해 줄 만한 유일한 사람은 에드빈이다. 그
는 내 시들이 훌륭하다고 말한 첫 번째 사람이었다. 물
론 비웃고 난 뒤에 했던 말이긴 하지만, 어쨌든 상관없
다. 우리는 그때 어린애들일 뿐이었으니까. 나는 시가
전차를 타고 쉬드하우넨으로 간다. 문을 열어 준 그레
테가 나를 보고 놀라며 미소를 짓는다. "들어와요." 그
는 흔쾌히 말하더니 달려들어가 에드빈의 무릎에 앉는
다. 보아하니 그 행동은 갓 결혼한 그레테의 주된 즐거
움인 모양이다. 안락의자에 깊숙이 앉아 있는 에드빈의
얼굴이 완전히 무방비해 보인다는 생각이 든다. "안녕."
그의 목소리에는 행복이 묻어 있다. "잘 지내?" 그는 나

---

15   1896~1946. 덴마크의 시인이자 소설가

를 바라보기 위해 그레테의 머리를 살짝 밀어야 한다. "엄마 아빠는 잘 지내세요?" 두 번의 키스 사이에 그레테가 묻는다. 우리 어머니는 애정이 넘치는 이런 호칭을 참지 못하지만, 그레테는 우리 어머니가 발산하는 냉담한 기운에는 완전히 무신경하다. 나 역시 그레테에게 크게 관심이 가지는 않는다. 나는 언제나 에드빈이 아름답고, 자부심이 넘치고, 지적인 아내를 갖게 될 거라고 생각했지, 루벤스의 그림에 나올 것 같은 자그맣고 방긋방긋 웃는 가정주부를 아내로 맞이할 거라고는 생각하지 못했기 때문이다. 하지만 그런 건 별로 중요하지 않다. 애초에 내 감정은 우리 어머니의 감정만큼 강렬하지도 뜨겁지도 않기 때문이다. 나는 내게 일어난 일을 에드빈에게 말해 주고는 그에게 편지를 보여 준다. 그는 편지를 읽는 동안 그레테에게 커피를 만들어 달라고 부탁한다. "우와." 에드빈은 깊은 인상을 받은 것처럼 말한다. "너, 이 시 원고료 받아야 되겠다. 그런 얘기는, 빌어먹을, 한 마디도 없네. 사기당하지 않게 조심해." 나는 그 점에 대해서는 조금도, 단 한 순간도 생각해 보지 못했다. "알겠지만 이 사람은 잡지를 팔아서 돈을 벌잖아." 에드빈이 설명한다. "그러니 필자들한테 원고료를 안 주면 안 되지." "그래." 내가 말한다. 심지어 에드빈조차도 어떤 기적이 일어났는지 이해하지 못한 것이다. 아무도 이해하는 사람이 없다. "자, 들어 봐." 에드빈이 말한다. "이 사람한테 전화해서 이걸로 얼마를 받게 되는 건지 물어봐." "그럴게." 마침 편집자에게 전화를 걸고 싶었던 나는 그렇게 대답한다. 나는 그의 목소리를 듣고 싶고, 이건 더할 나위 없이 좋은 핑계다. 그레테는 식탁을 차리더니 내용 없는 이야기를 계속 재잘거리고, 에드빈은 그에게 편지에 관해 얘기해준다. "오." 그레테는 기뻐한다. "그럼 난 시인의 친척이되는 거네요. 부모님한테 쓰는 편지에 그 이야기를 써야겠어요. 빵 몇 조각 좀 먹어 볼래요?" "네, 고마워요." 나는 그렇게 대답하고는 에드빈에게 기침은 좀 어떠냐고 묻는다. 의사는 그가 셀룰로오스 래커를 분무기로 뿌리는 작업을 그만두지 않는 한 기침이 계속될 거라고 말했다 한다. 에드빈은 뭔가 다른 직업을 찾아낼 때까지는 계속 기침을 할 것이다. 하지만 의사는 기침 소리만큼 병이 깊은 건 아니라고도 했단다. 기침 때문에 죽지는 않을 것이고 심각한 병에 걸릴 일도 없을 거라고. 에드빈은 그저 진폐증에 걸려 폐에 염증이 생긴 것뿐이다. 우리가 커피를 마시는 동안 나는 오빠를 바라본다. 그는 행복해 보이지 않는다. 어쩌면 이 결혼은 그가 기대했던 게 아니었던 모양이다. 어쩌면 그는 사랑이나 저녁 식사 이외의 무언가에 대해 이야기를 나눌 수 있는 아내를 상상했는지도 모른다. 저녁마다 상대에게 무릎을 내준 채로 서로를 얼마나 사랑하는지 공표하는 것 말고 다른 무언가를 하게 될 거라고 말이다. 어쨌거나 결혼은 끔찍할 정도로 지루한 일일 거라는 확신이 든다. "조만간 새 원피스가 필요하지 않겠어요?" 그레테가 말한다. "그 코사크 드레스 말고 다른 옷을 입은 걸 본 적이 없네요. 파마도 해야 되겠어요. 나처럼." 그레테는 자잘한 컬이 잔뜩 들어간 머리칼을 머리 위로 틀어 올렸고, 귀에는 고개를 흔들 때마다 짤랑거리는 커다란 고리 모양 귀걸이를 하고 있다. "이렇게 잘생긴 오빠가 있어서 기분이 이상하지 않아요? 굉장히 이상할 것 같은데." 에드빈은 그레테가 하는 말이 피곤했는지 얼른 안락의자로 되돌아가 앉는다. 컵을 내가고 난 뒤, 그레테는 다시금 에드빈의 무릎에 자리를 잡고 앉아서 에드빈의 검은 곱슬머리를 손가락 사이에 끼우고 꼬아 댄다. 내 생각에 우리 오빠는 엄한 집주인 여자와 함께 앉아 있어야 하는 하숙집에서 도망치기 위해 그레테와 결혼한 것 같다. 왜냐하면 거기서 나갈 수 있는 다른 어떤 방법도 없었을 테니까. 나 역시 남은 평생 동안 수르 부인의 집에서 지낼 생각은 없다. 젊음 그 자체는 그저 덧없고 연약하며 잠시뿐인 것이다. 우리는 그것을 통과해야 한다. 젊음에 그 밖의 의미는 아무것도 없다. 에드빈은 집에 가서 부모님에게 소식을 알렸느냐고 묻고, 나는 그 시가 잡지에 실릴 때까지 기다리고 싶다고 대답한다. 그걸 그분들에게 직접 보여 줄 것이다. 그 전에는 아니다. 에드빈은 그 시를 읽고는 강렬한 인상을 받는다. "하지만 넌 여전히 거짓말이 장난 아니구나." 그는 경이로워 하는 목소리로 말한다. "넌 죽은 아이가 있었던 적은 한 번도 없잖아." 그는 토르발이 아주 못생긴 어떤 여자와 약혼했다고 말해 주고, 그 이야기에 나는 기분이 약간 언짢아진다. 내가 그를 차지할 수도 있었지만, 나는 그를 원하지 않았다. 그러면서도 나는 그가 나 아닌 다른 누구에게도 애정을 갖고 있지 않다는 사실을 좋아했다. 떠나기 전에 나는 오빠에게서 전화비로 쓸 10외레를 빌린다. 그레테가 에드빈의 귓가에 무언가를 길게 속삭이고 있어서 나는 알아서 그 집에서 퇴장한다. 엔헤우바이에 있는 공중전화 부스에 들어간 나는 비고 F. 묄레르의 번호를 찾은 다음 잔뜩 떨리고 겁먹은 상태로 전화를 건다. "여보세요. 저는 토베 디틀레우센이라고 하는데요." 그는 미심쩍은 듯 내 이름을 되풀이하더니 기억해 낸다. "보내 주신 시는 한 달 뒤에 실릴 겁니다." 그가 말한다. "뛰어난 작품이에요." "혹시 원고료도 받을 수 있을까요?" 나는 몹시 민망해하며 말을 꺼낸다. 하지만 그는 화내지 않는다. 그저 잡지가 적자로 운영되고, 부족한 부분은 그 자신의 주머니에서 메꾸고 있는 처지라 누구도 보수를 받지는 않는다고 설명할 뿐이다. 나는 그건 문제가 되지 않는다고, 그저 우리 오빠가 한 얘기일 뿐이라고 말하며 서둘러 그를 안심시킨다. 그러자 그가 내게 몇 살이냐고 묻고, 나는 대답한다. "열여덟 살입니다." "그건 놀라운데요. 그것밖에 안 됐다고요?" 그는 조금 웃는다. 그는 내게 자기를 만나고 싶냐고 묻고, 나는 그렇다고 대답한다. 그는 모레 저녁 6시에 글륍토테크 카페에서 나와 만날 것이다. 우리는 저녁을 같이 먹을 것이다. 나는 어쩔 줄 모르며 그에게 감사를 표하고, 그는 작별인사를 한다. 이제 그를 만난다. 그와 이야기를 나누게된다. 그는 나를 위해 무언가를 해주려 하는 게 틀림없다. 크로그 씨는 사람들이 언제나 서로를 어딘가에 이용하고 싶어 한다고, 그건 잘못된 일이 아니라고 했었다. 내가 그 편집자를 어디에 이용하고 싶어 하는지는 매우 분명하지만, 그는 나를 어디에 이용하고 싶어 하는 걸까? 다음 날 저녁, 나는 어쨌든 집으로 가서 모든것을 말한다. 집에는 어머니 혼자 있다. 어머니는 나를보자 매우 기뻐하고, 집에 좀처럼 찾아가지 않는 나는양심의 가책을 느낀다. 로살리아 이모가 돌아가신 뒤로어머니는 외로움을 많이 타는 사람이 되었다. 그 건물은 꽤나 '세련된' 곳이어서 사람들이 남의 집에 그냥 잠깐 들르는 일이 없고, 이제 어머니에게는 이야기를 나누고 함께 웃을 여자 친구가 한 명도 없다. 어머니에게는 우리뿐이다. 그리고 우리는 어머니가, 그리고 법이 허락하자마자 어머니를 버렸다. 우리는 함께 커피를 마시고, 나는 어머니의 상상력이 열심히 가동되고 있음을 느낀다. "있잖니." 어머니가 입을 연다. "그 편집자 말이야. 그 사람 어쩌면 너랑 결혼하고 싶어 하는지도 몰라." 나는 웃으면서 어머니는 온통 나를 결혼시킬 생각밖에 없다고 말한다. 그렇게 웃어 넘겼지만, 내 방으로 돌아와 침대에 누운 나는 그가 결혼했을지 안 했을지 생각해 본다. 만약 그가 미혼이라면, 나는 그와 결혼하는 게 싫지는 않다. 아직 본 적조차 없는 사람이지만.

18

그는 녹색 정장에 녹색 넥타이 차림이다. 숱이 많고 곱슬거리는 머리칼과 적당히 기른 콧수염은 모두 반백이다. 그는 종종 손가락 사이에 콧수염 끝을 끼우고 비비 꼰다. 목 칼라는 옛날식으로 빳빳하게 세웠고, 이중 턱이 그 위에 살짝 걸쳐져 있다. 두 눈은 아기들의 눈동자처럼 밝은 푸른색이고, 분홍빛 도는 흰색을 띤 피부도 아이의 살결처럼 투명하다. 그는 관절 부분이 옴폭옴폭 들어간 작고 섬세한 두 손으로 커다랗게 곡선을 그리며 손짓을 한다. 그는 따뜻하고 친절하다. 나는 그와 함께 있으면서 빠른 속도로 수줍음을 잊어버리게 된다.

그는 크로그 씨와 다르게 생겼지만, 어딘가 크로그 씨를 떠오르게 하는 데가 있다. 그는 오랫동안 메뉴를 자세히 들여다본 끝에 음식을 고르고, 나는 그게 뭔지도 모르면서 같은 것을 주문한다. 그는 자기가 음식을 아주 좋아한다고 말하는데, 그건 아마 그를 직접 본 사람이면 누구나 알 수 있을 것이다. 나는 정중한 말투로 말한다. 나는 아니라고, 음식을 먹을 때는 내가 먹고 있는 게 뭔지도 모른다고. 그는 웃으면서 나를 보니 그건 확실히 알겠다고 한다. 내가 좀 많이 말랐다고 말이다. 우리는 식사를 하며 레드 와인을 마신다. 와인이 시어서 나는 얼굴을 찡그리고, 그는 내가 젊어서 그런 거라고 한다. 나이가 들면 나는 좋은 와인을 알아보는 법을 배우게 될 것이다. 그는 자기에게 연락이 닿기까지의 내 삶에 관한 이야기를 좀 들려 달라고 한다. 지금 나는 불안하면서도 명랑한 상태다. 그에게 당장 모든 이야기를 하고 싶다. 나는 알베르트도 언급하지만, 그는 알베르트가 누군지 특별히 기억하지 못하는 듯 어깨를 으쓱해 보인다. "젊은 사람들은 알 수가 없다니까요." 그가 콧수염을 비틀며 말한다. "우린 그중 어떤 사람들의 능력을 믿지만, 그 사람들은 아무것도 안 되죠. 그런가 하면 좋게 생각하지 않았는데 결국에는 훌륭했던 걸로 드러나는 사람들도 있고요." 나는 그가 나를 조금이라도 훌륭하다고 생각하는지 묻고, 그는 그런 건 알 수 없다고 대답한다. 다만 별로 크게 못 되는 사람들은 시 한 편을 들고 와서 '전 이걸 10분 만에 썼어요'라고 말하는 젊은이들이라고 한다. 그런 말을 들으면 그들이 전혀 훌륭하지 않다는 걸 알 수 있다고 말이다. "그럼 그때는 어떻게 하세요?" 내가 묻는다. "그 사람들한테 시가 전차 차장이라든지, 뭐 그런 적합한 다른 직업을 찾아보라고 조언하죠." 그는 냅킨으로 입가를 닦으며 대답한다. 나는 내가 「내 죽은 아이에게」를 쓰면서 몇 분이 걸렸는지 따위의 내용을 편지에 조금도 쓰지 않아서 다행이라고 생각한다. 어차피 나 자신도 그건 모른다. 내 눈에 이 편집자는 참 멋진 사람 같고, 잘생기기도 한 것 같다. 아마 다른 사람들은 그가 잘생겼다고 보지 않을 것이고, 니나는 그가 너무 늙은 데다 뚱뚱하다고 생각하겠지만, 그런 건 상관없다. 그는 디저트를 주문할 수 있도록 내게 메뉴판을 건네고, 나는 다른 것들은 죄다 뭔지 모르겠어서 아이스크림을 달라고 한다. 편집자는 휘핑크림을 얹은 과일을 주문한다. "저는 단 걸 좋아해요." 그가 말한다. "담배를 안 피우거든요." 종업원은 그를 매우 공손하게 대하면서 내내 '편집자님'이라고 부른다. 내게는 '젊은 숙녀분'이라는 호칭을 쓴다. "젊은 숙녀분 잔 좀 채워 드릴까요?" 시큼한 와인을 용감하게 들이켜고 나니 몸이 따뜻해지고 긴장이 풀어진다. 바깥에서는 해가 기울어 가고, 대로의 나무들 사이로는 부드러운 바람이 불고 있다. 나무들은 벌써 꽃을 피웠고, 곧 티볼리 공원도 개장할 것이다. 비고 F. 묄레르는 이 도시의 봄과 여름을 좋아한다고 말한다. 나무와 풀 들이 꽃을 피우고, 자갈길에서 피어나는 그 아름다운 꽃들처럼 젊은 여자들도 피어난다고. 크로그 씨도 그 비슷한 말을 했었는데, 그는 결혼하지 않은 사람이었다. 어쩌면 결혼한 남자들은 그런 종류의 말을 할 만한 감각을 모두 잃어버리는지도 모른다. 나는 결국 용기를 내서 그에게 결혼했느냐고 묻고, 그는 조금 웃으면서 아니라고 한다. "아무도." 그는 한 손으로 변명하듯 손짓을 한다. "저를 남편으로 두고 싶어 하지 않더라고요." "저는 한 번 공식적으로 약혼한 적이 있었어요." 내가 말한다. "그런데 그 남자가 파혼을 했죠." "그럼 지금은요?" 그가 묻는다. "지금은 약혼한 상태인가요?" "아뇨. 저한테 맞는 사람이 나타나길 기다리고 있어요." 나는 그의 눈을 깊숙이 들여다보려 애쓰지만 그는 내 시선 속에 숨겨진 의미를 알아보지 못한다. 그 의미는 간단하다. 세상 모든 일은 다 시급한 것들뿐이라는 현실에 물들어 버린 나는 그에게 지금 여기서 당장 프러포즈해 달라는 요청 아닌 요청을 한 것이다. 어떤 사람이 다음날 어디에 가 있을지는 아무도 모른다. 그는 시를 쓰는 또 다른 젊은 여자 — 예를 들면 훌다 뤼트켄 — 에게서 편지를 받고, 그 여자를 초대하고, 나를 까맣게 잊어버릴 수도 있다. 그는 자신이 원하는 사람은 누구든지 사귈 수 있는 부류의 남자임에 틀림없다. 나는 차오르는 질투심을 부여잡은 채 훌다 뤼트켄은 어떤 사람이냐고 묻고, 그는 그 여자를 떠올리고는 큰 소리로 웃는다. "그 사람은 당신을 좋아하지 않을 거예요." 그가 말한다. "다른 여성 시인들을 미친 듯이 질투하는 사람이라서. 특히 자기보다 어린 여성 시인이라면요. 족히 열흘은 뚱해 있죠. 그 사람은 가끔씩 저한테 전화해서 이래요. '묄레르, 나는 천재인가요?' '그럼요, 그럼요.' 저는 이렇게 대답하죠. '맞아요, 당신은 천재예요, 훌다.' 그러면 한동안 만족스러워 하거든요." 설명을 마친 그는 다음 달에 열리는 『밀알』 파티에 올 생각이 있냐고 묻는다. 그 파티에서는 '최고의 밀'과 '최고의 러스크[16]'가 선정되는데, 그건 각각 한 해 동안 잡지에 가장 기여를 많이 한 시인과 삽화가를 의미한다. 내가 거기서는 뭘 입어야 하냐고 묻자 그는 긴 원피스라

---

16   오븐에 노르스름하게 구워 낸 딱딱한 빵

고 대답한다. 내가 긴 원피스는 없다고 하자 그는 친구에게 빌리면 되지 않겠냐고 한다. 그 말에 니나가 떠오른다. 니나는 스티에르네크로엔에서 댄스파티를 할 때 입으려고 등이 깊게 파인 긴 원피스를 샀었다. 나는 그 파티에 가고 싶다고 말한다. 우리는 얄따란 잔에 담긴 커피를 마시고, 편집자는 가야 할 시간이 된 것처럼 시계를 본다. 그러지 않았으면 나는 훨씬 더 오래 거기 앉아 있으려 했을 것이다. 밖으로 나가면 내 일상이 기다리고 있다. 사무실에서의 급한 일들, 선술집에서의 저녁, 집까지 데려다 주는 젊은 남자들, 그리고 나치당원인 집주인 여자가 있는 내 추운 방. 이 삶에 주어진 위안이라고는 한 줌의 시들뿐인데, 그것들은 시집으로 묶기엔 아직 편수가 충분치 못하다. 그리고 나는 시집을 내려면 어떻게 해야 하는지도 모른다. 계산을 마친 묄레르 씨는 색색깔의 식탁보 위에 올려진 내 손 위에 갑자기 자기 손을 올린다. "손이 참 아름답군요." 그가 말한다. "길고, 가느다랗고." 그는 내 손을 몇 번 어루만진다. 마치 내가 헤어지기 아쉬워한다는 걸 아주 잘 안다는 듯이, 내 인생에서 자기가 지금 당장 사라지지는 않을 거라고 보장하고 싶다는 듯이. 나는 금방이라도 울음이 터질 것 같다. 이유는 모르겠다. 내 두 팔을 그의 목에 두르고 싶다. 마치 기나긴 여행을 막 끝내고 몹시 지친 상태에서 오래도록 머무를 곳을 찾아낸 것 같다. 그건 말도 안 되는 감정이고, 나는 눈물로 촉촉해진 눈동자를 감추려고 눈을 몇 번 깜빡인다. 밖으로 나간 우리는 잠깐 동안 함께 서서 지나가는 차들을 바라본다. 그는 나보다 키가 작다. 앉아 있을 때는 전혀 알아채지 못했던 부분이라 나는 약간 놀란다. "자, 여기서 각자 갈 길로 가면 될 것 같네요. 언제 한번 들르세요. 주소는 아시죠." 그는 챙 넓은 녹색 모자를 들어 그걸로 우아하게 호를 그리더니, 다시 머리에 쓰고는 대로를 빠르게 걸어 내려간다. 나는 거기 서서 내 눈으로 좇을 수 있는 만큼 그를 지켜본다. 그러면서 문득 생각한다. 나는 늘 남자들과 헤어지고 있다고. 그들의 등을 빤히 쳐다보고, 어둠 속으로 사라지는 그들의 발소리를 듣는다고. 그들이 뒤를 돌아보고 내게 손을 흔드는 일은 좀처럼 일어나지 않는다.

19

나는 길 건너편에 있는 국영 수입 곡물 관리소로 일터를 옮겼고, 그곳은 훨씬 더 마음에 든다. 사무실에 여직원은 나까지 두 명뿐이다. 나는 교환대를 담당하고 사무실 관리자인 옐름 씨가 보낼 편지를 작성한다. 그는 키가 크고 수척한 남자다. 길고 음울해 보이는 얼굴은 절대로 미소 비슷한 무언가를 보이며 부드럽게 풀어지는 법이 없다. 내용을 불러 주는 일이 잠시 중단될 때마다 그는 내 머릿속에 곡물이 아닌 다른 게 들어 있다고 의심하는 것처럼 나를 노려본다. 다른 여직원은 이름이 카테다. 잘 웃고 어린아이 같은 성격을 가진 카테와 나는 둘만 있을 때면 무척 재미있게 지낸다. 나는 내 시가 실린 잡지가 나오기를 기다리는 중이다. 책이 나오고 나면 비고 F. 뮐레르를 찾아갈 생각이기 때문이다. 그 전에는 아니다. 곧 여름휴가도 갈 예정인데, 사실 여름휴가는 내게 늘 골칫거리다. 니나는 나와 함께 유스호스텔 그룹에 가입해서 시골에서 하이킹을 하고 싶어 한다. 하지만 나는 단체 활동을 좋아하지 않고 관심도 없다. 만약 내 시가 곧 나온다면, 어쩌면 나는 편집자와 함께 휴가를 보낼 수 있을지도 모른다. 책을 기다리는 동안, 나는 더위 때문에 건물 밖으로 나온 어린 아이들과 연인들을 자주 바라본다. 개들도 바라본다. 개들과 그들의 주인들을. 어떤 개들은 짧은 목줄을 하고 있는데, 그 목줄은 개들이 멈춰 설 때마다 확 당겨진다. 다른 개들은 긴 목줄을 하고 있고, 그 개들의 주인들은 흥미로운 냄새가 개를 붙들 때마다 참을성 있게 기다린다. 나는 그런 종류의 주인이 되고 싶다. 그런 종류의 삶 속에서라야 나는 잘 살아갈 수 있다. 주인이 없이 혼란에 빠진 것처럼 사람들의 다리 사이를 돌아다니는 개들도 있는데, 내가 보기에 그 개들은 자신의 자유를 즐기는 것 같지 않다. 나는 그런 종류의 주인 없는 개 같다. 초라하고, 혼란에 빠져 있고, 혼자다. 나는 저녁때 외출하는 일이 전보다 드물어졌고, 니나는 내가 완전히 따분해져 버렸다고 한다. 나는 이제 주로 내 방에서 지낸다. 더는 추위 때문에 밖으로 도망치지 않아도 되기 때문이다. 나는 내 시들을 읽고 또 읽고, 가끔씩은 새로 쓰기도 한다. 조심스럽게 말하자면 그렇게 탁월하지는 않았던 두 편의 시는 오래 전에 없애 버렸다. 나는 그 시들이 흉물스러웠다고 생각하지만, 만약 편집자가 그것들이 좋다고 했다면 그의 판단을 믿었을 것이다. 본가에는 가끔씩만 찾아간다. 아버지는 다시 실업자가 되었고, 아버지와 어머니 사이에는 차가운 분위기가 흐른다. 보통 아버지는 소파에 누워 잠들어 있거나 졸고 있고, 어머니는 못마땅한 표정으로 앉아 뜨개질을 하고 있다. 편집자가 나와 결혼하고 싶어 한다는 생각에 점점 더 빠져든 어머니는 이제 내가 그를 찾아가 볼 때가 됐다고 생각한다. "살찐 사람들은," 어머니가 말한다. "행복하고 마음도 착해. 성질이 더러운 건 마른 사람들이야." 어머니는 편집자가 몇 살이냐고 묻고, 나는 한 쉰 살쯤이라고 대답한다. 어머니는 그 점도 괜찮다고 생각한다. 그는 젊은 혈기로 인한 방탕한 생활을 이미 다 경험해 봤을 테고, 앞으로는 충실한 남편이 될 것이기 때문이다. 어머니는 내가 곧 일을 그만두고 남편이 벌어다 주는 돈으로 먹고 살 수 있을 거라고 한다. 나는 대답하지 않는다. 그 모든 게 어떻게 될지는 더 기다려 봐야 알 수 있으니까. "결혼식을 해야겠지."
어머니의 그 말을 들은 나는 내 편집자가 자기 장모에
대해서는 뭐라고 말할지 생각해 본다. 나는 그가 우리
어머니보다도 나이가 많을 거라고 거의 확신하지만, 그
건 적어도 어머니에게는 별 문제가 못 된다. 요즘 부모
님 집에 가면 어머니는 이런 식으로 내게 이런저런 부
담을 지우고, 결국 나는 늘 일찍 자리를 뜬다. 아버지는
서두를 것 없다고, 누구와 결혼하고 싶은지는 나한테
달려 있다고 한다. 어머니가 그 말을 받아친다. "당신은
그런 데 크게 신경 써 본 적이 한 번도 없지. 하지만 에
드빈이 어떻게 됐는지 이제 당신도 알겠지. 무관심의
대가로 받는 건 그런 거야." 이제 싸움은 나와는 상관없
이 진행되고, 나는 아무런 가책 없이 그들을 떠난다. 어
느 날 부모님 댁에 갔다가 돌아온 나는 수르 부인이 보
낸 쪽지 한 장을 발견한다. 퇴거 명령 통지서다. 놀랍
게도 부인은 이렇게 써 놓았다. '당신이 음모를 꾸미는
활동에 가담했다는 사실을 알게 된 이상, 앞으로 한 지
붕 아래에서 지내고 싶지가 않네요.' 나는 내가 받았던
'정치적인' 편지를, 그리고 부인의 나치 모임을 꺼려 했
던 모습을 기억해 낸다. 그렇게 해서 나는 아마게르에,
편집자의 주소에서 그리 멀지 않은 곳에 다른 방 하나
를 구한다. 그러고는 슈트케이스와 알람시계를 손에 든

채 전차를 타고 그리로 간다. 거기서는 자식들을 다 키워 낸 어느 가족과 같이 살게 된다. 내가 이사를 들어가는 방은 결혼해서 나간 그집 딸의 방이다. 먼젓번 방보다 더 크고 근사한데 10크로네만 더 내면 된다. 게다가 그 방에는 난로도 있다. 나는 곧바로 비고 F. 묄레르에게 전화를 걸어 내 새 주소를 알리고, 그는 마침 잘 전화했다고, 잡지가 나와서 내게 막 보내려던 참이었다고 한다. 그는 그 일이 아주 일상적인 것처럼, 마치 내가 발표한 시가 수십 편이나 되고 이번 시는 그중 한 편에 불과한 것처럼 말한다. 그 친절하고 무덤덤한 목소리는 마치 내 작품이 실린 잡지와 책이 세상에 넘쳐 나서 시 한 편쯤 없어지는 일 같은 건 아무 문제도 아니라고 말하는 것처럼 들린다. 하지만 물론 그는 홀다 뤼트켄 같은 사람들과 어울리는 게 더 익숙한 사람이다. 친밀하게 서로의 이름을 부르는 사이인 사람들. 홀다를 떠올릴 때마다 나는 질투가 심장을 찔러 대는 걸 느낀다. 문득 궁금해진다. 비고 F. 묄레르는 내 이상한 점들을 다른 사람들에게 말할까? '그건 그렇고, 토베가 최근에 전화해서는 이렇고 저런 얘기들을 했지 뭐야. 하, 하.' 이런 식으로 말하면서 콧수염을 비틀며 미소를 지을까? 다음날 『밀알』 두 권이 우편으로 도착하고, 내 시는 두 권 모두에 실려 있다. 그것을 여러 번 반복해 읽은 나는 뱃속에 퍼져 가는 불안한 기운을 느낀다. 인쇄된 형태로 본 시는 타자로 치거나 손으로 쓴 것과는 완전히 달라 보인다. 이제 그 시는 더 고칠 수가 없다. 심지어 더 이상 나만의 것도 아니다. 내 시는 수백 혹은 수천 권에 달하는 이 잡지에 실려 있고, 어쩌면 몇몇 이상한 사람들은 그걸 읽고 훌륭하다고 생각할지도 모른다. 그 시는 온 나라에 쫙 퍼져서, 어쩌면 내가 길에서 지나치는 사람들도 읽었을지 모른다. 안주머니나 핸드백에 그 잡지를 집어넣은 채 걸어 다니고 있는지도 모른다. 시가 전차에서 내 맞은편에 앉은 남자가 그걸 읽고 있을지도 모른다. 이건 너무 압도적인 일이다. 그런데 이 놀라운 경험을 나눌 수 있는 사람이 아무도 없다. 나는 집으로 달려가 그것을 아버지와 어머니에게 보여 준다. "좋은 것 같네." 어머니가 말한다. "그런데 너, 필명을 써야겠다. 네가 가진 이름은 훌륭하지가 못해. 내 처녀 때 이름을 써라. **토베 문두스**. 이게 훨씬 낫게 들리는데." "얘 이름은 충분히 훌륭하거든." 아버지가 말한다. "하지만 이 시는 너무 현대적인 것 같구나. 운이 제대로 맞지가 않아. 너 요하네스 이외르겐센[17]한테서 많이 배워

---

17 1866~1956. 덴마크의 시인이자 소설가. 노벨 문학상 후보로
     다섯 번이나 지명되었다.

야겠다." 나는 아버지의 평가에 기분이 상하진 않는다. 아버지는 언제나 우리를 실망으로부터 보호하고 싶어 했기 때문이다. 아버지의 경험에 따르면 삶으로부터는 아무것도 기대하면 안 된다. 그래야만 실망을 피할 수 있다. 그래도 아버지는 그 잡지를 자기가 갖게 해 달라고 부탁하고, 자신이 소장한 책들을 집어들 때처럼 조심스럽게 받아든다. 집으로 돌아오는 길에 나는 어느 서점에 들어가 『밀알』 최신호가 있는지 묻는다. 지금은 그 책이 없지만 주문할 수 있다는 대답이 돌아온다. "저희는 그런 책을 낱권으로 가져다 팔진 않아요." 남자가 내게 설명한다. "대부분 구독해서들 보시죠." "유감이네요." 내가 말한다. "있죠, 거기 대단히 훌륭한 시가 한 편 실려 있다고 들었거든요." 그는 내가 며칠 뒤에 책을 구할 수 있도록 내 이름을 적어 둔다. "아시겠지만 그게 상당히 규모가 작은 잡지라서요." 그가 수다스럽게 설명한다. "제 생각에는 발행 부수가 500부 정도밖에 안 될 것 같거든요. 잘 나오고 있다는 게 신기하죠." 나는 모욕감을 느끼며 서점을 나온다. 하지만 나는 예전과는 다르다. 내 이름이 책에 인쇄되어 있다. 나는 더 이상 익명의 누군가가 아닌 것이다. 그리고 나는 곧 내 편집자를 찾아갈 것이다. 그가 나를 다시 초대하는 전화는 하지 않았지만 말이다. 물론 그에게는 젊은 시인들과 대화하는 것 말고도 분명 다른 바쁜 일이 많을 것이다. 잡지가 나오고 1주일 뒤, 나는 옐름 씨의 사무실로 불려 간다. 그의 긴 얼굴은, 그게 가능한 일이라면, 평소보다도 훨씬 더 괴팍해 보인다. 그의 앞에 놓인 책상에는 『밀알』이 펼쳐져 있다. 내 시가 있는 페이지다. 그가 내 시를 칭찬할지도 모르겠다는 생각이 머릿속을 스쳐 지나간다. "이 잡지를 산 건." 그가 말한다. "곡물과 어떤 관련이 있는 줄 알았기 때문이에요. 그런데 이걸 보니까," — 그는 자로 내 시를 톡톡 두드린다 — "토베 양한테는 수입 곡물 관리소 말고도 다른 관심사가 있는 것 같군요. 미안하지만, 우리는 더 이상 같이 일할 수가 없겠어요." 그는 언짢아하는 시선으로 나를 보고, 나는 무슨 말을 해야 할지 알지 못한다. 여기서 일하는 걸 좋아하는 나는 기분이 나빠지지만, 분명 이 사건 어딘가에는 카테와 니나의 폭소를 불러일으킬 만큼 우스꽝스러운 부분이 있다. "알겠습니다." 내가 말한다. "어쩔 수 없네요." 나는 천천히 사무실을 걸어 나와 내 사무실로 돌아온다. 그러고는 카테에게 해고당했다는 이야기를 한다. 옐름 씨가 『밀알』을 농업 잡지라고 생각했다는 이야기에 카테는 웃음을 터뜨린다. 나도 따라 웃지만, 그럼에도 나는 일자리를 잃은 여자가 되었다. 이제 힘들게 새 일자리를 알아봐야 할 것이다. 카테는 노동조합에 이 일을 신고하면서 새 일자리를 부탁해 보라고 말하고, 그건 정말 좋은 생각 같다. 같은 날 저녁, 나는 비고 F. 묄레르에게 전화를 건다. 그는 다음 날 저녁에 나를 만날 수 있으면 좋겠다고 한다. 그러자 내가 수입 곡물 관리소에서 쫓겨난 일은 그다지 중요하게 느껴지지 않는다. 어쩌면 편집자는 카테의 조언보다 더 좋은 해결책을 찾아낼 수 있을지도 모른다. 나는 이제 돈 쓸데가 너무 많아서 그냥 실업자로 있을 수는 없다.

20

"혹시." 비고 F. 묄레르가 말을 꺼낸다. "시집을 출판하고 싶은 생각은 없어요?" 그는 그게 전혀 특별하지 않은 일이라는 듯 말한다. 마치 시집 출판이 내게 아주 평범한 일인 것처럼. 시집 출판이 내 모든 기억 속에서 언제나 가장 열렬하게 소망했던 일이 아니었던 것처럼. 나는 가느다랗고 무덤덤한 목소리로 네, 그러고 싶어요, 하고 대답한다. 나는 지금껏 그 일에 대해 생각해본 적이 없었다. 하지만 이제 그가 말을 꺼냈으니 그건 무척 즐거운 일이 될 것 같다. 내 심장이 얼마나 기쁘고 격하게 뛰고 있는지 그가 알아차리지 못했으면 좋겠다.

마치 사랑에 빠진 것처럼 쿵쾅이는 심장을 느끼며, 나는 내 영혼에 이런 기쁨을 가져다 준 이 남자를 자세히 들여다본다. 그는 진녹색 식탁보가 깔린 식탁 맞은편에 앉아 있다. 우리는 녹색 찻잔으로 차를 마시고 있다. 커튼도 녹색이고, 꽃병들과 주전자들도 녹색이고, 편집자도 지난번처럼 녹색 정장을 입고 있다. 책장들은 거의 천장까지 닿고, 벽은 채색화와 드로잉 들로 완전히 가려져 있다. 이 모든 것은 내게 크로그 씨의 거실을 떠오르게 하지만, 비고 F. 묄레르라는 사람 자체는 그다지 크로그 씨를 떠오르게 하지 않는다. 묄레르 쪽이 훨씬 덜 비밀스러워서, 나는 알고 싶은 게 있으면 뭐든 그에게 물어봐도 된다. 해가 막 기울려는 참이어서 거실에는 부드러운 어스름이 깔리고 아늑한 분위기가 만들어진다. 나는 내 새 친구가 찻잔들을 부엌으로 내가는 걸 돕고, 그는 내게 와인 한잔 하겠느냐고 묻는다. 나는 네, 고맙습니다 하고 대답하고, 그는 녹색 유리잔 두 개에 와인을 따르더니 자기 잔을 들고 말한다. "건배." 시집 출판은 어떻게 하는 거냐고 내가 묻자 그는 원고를 출판사에 보내면 된다고 대답한다. 만약 그 시들이 출판사의 마음에 들면 나머지는 그 사람들이 알아서 한다고. 너무나 간단하다. 나는 편수가 적당하고 완성도도 충분한지 그가 살펴볼 수 있도록 내가 가진 시 전부를 그에게 보여 줄 생각이다. 나는 와인을 좋아하지는 않지만 와인을 마시고 나서 드는 느낌은 좋아한다. 편집자의 팔이 만들어 내는 부드러운 곡선 모양의 움직임이, 그의 은백색 머리칼이, 위로하듯 상쾌하게 내 영혼을 감싸는 그의 목소리가, 내게는 무척 매력적으로 다가온다. 나는 이미 그를 좋아하고 있지만, 나에 대한 그의 감정이 어떤지는 알 수 없다. 그는 내 몸에 손을 대지도, 키스하려고 하지도 않는다. 어쩌면 자기한테는 내가 너무 어리다고 생각하는지도 모른다. 나는 그에게 왜 결혼하지 않았냐고 묻고, 그는 아무도 자기를 원하지 않았다고 엄숙하게 대답한다. 슬프지만 이제는 너무 늦었다는 걸 안다고. 이 말을 할 때 그의 눈에는 미소가 어리고, 나는 그가 나를 진지하게 받아들이지 않는다는 생각 때문에 얼굴을 찡그린다. 나는 그에게 내 생활에 대해, 우리 부모님에 대해, 에드빈에 대해, 그리고 『밀알』에 실린 시 때문에 방금 어떻게 직장을 잃었는지에 대해 이야기한다. 그는 마지막 이야기를 매우 재미있어 하면서 그 이야기를 들려주면 자기 친구들 역시 재미있어 할 거라고 말한다. 그의 친구들은 유명인들인데, 그들 중 몇몇은 그에게 죽은 자기 아이에 대해 이토록 아름다운 시를 쓴 안타까운 젊은 여자가 누구냐고 물었다고 한다. 글 속에 담긴 모든 것이 사실 그대로일 거라고 믿는 건 우리 가족들만이 아니었던 모양이다. "이런." 그는 자기 이마를 찰싹 때린다. "하마터면 잊어버릴 뻔했네요. 발데마르 코펠이 「폴리티켄」 최근호에 우리 잡지 리뷰한 거 봤어요? 당신 시에 대해 아주 긍정적으로 써 놓았어요." 그가 오려 낸 기사를 꺼내 보여 준다. 거기에는 이렇게 적혀 있다. '토베 디틀레우센의 「내 죽은 아이에게」, 이 한 편의 시만으로도 이 소규모 잡지가 존재할 이유는 충분하다.' "아." 나는 어쩔 줄 몰라 한다. "너무나도 기쁘네요. 이거 제가 가져도 될까요?" 그는 기사를 나에게 건네고는 녹색 유리잔에 와인을 더 따르며 말한다. "젊은 사람들은 자기 이름이 처음 인쇄되어 나온 걸 보면 무척 강렬한 인상을 받게 되죠." "편집자님을 만나서 너무 기뻐요." 내가 말한다. "편집자님이랑 있으면 어떤 나쁜 일도 생기지 않을 것 같아요. 여기 있는 동안에는 세계 대전이 일어나지도 않을 것 같고요." 비고 F. 묄레르의 표정이 갑자기 심각해진다. 그는 다시 입을 연다. "다른 일들은 너무도 암울해 보여요. 난 어쩌면 당신을 위해서는 이런저런 일을 해 줄 수 있을지도 몰라요. 하지만 세계 대전이 일어나지 않게 할 수는 없어요." 내가 그런 말들을 하게 된 건 와인 때문이다. 어른들은 세계정세에 관해 생각하기 시작할 때면 모두들 내게서 뒤로 물러난다. 그에 비하면 내 시들과 나는 그저 바람이 아주 슬쩍만 불어도 날아가 버릴 먼지 알갱이들에 불과하다. "그럴 수는 없 겠죠." 내가 말한다. "하지만 편집자님은 갑자기 돌아가 시지 않을 거고, 이 건물도 무너져 내리지 않을 거잖아 요." 나는 그에게 편집자 브로크만과 크로그 씨에 대해 말해 준다. 전자는 그가 아는 사람이고, 후자는 모르는 사람이다. "그래요." 그의 목소리가 진지해진다. "그런 의미에서라면 나한테 의지해도 돼요. 우리 서로 이름 부르는 게 어떨까요?" 우리는 우리의 우정에 건배하고, 그는 녹색 갓이 씌워진 스탠드에 불을 켠다. "비고 F. 라 고 불러요. 모두들 나를 비고 F. 라고, 아니면 뮐레르라 고 부르거든요. 그냥 '비고'는 가족만 부르는 이름이고 요." 부모님은 돌아가셨지만, 드물게 만나는 남자 형제 와 여자 형제가 한 명씩 있다고 그가 말한다. "가족들 이란." 그가 말한다. "절대 예술가들을 이해 못해요. 예 술가들이 의지할 수 있는 사람은 오직 서로밖에 없죠." 그는 내게 소파의 자기 옆자리에 앉겠느냐고 묻고, 나 는 그의 옆에 앉는다. 나는 우리의 다리가 서로 닿을 만 큼 그에게 바짝 붙어 앉지만, 그는 아무런 느낌도 없어 보인다. 어쩌면 내가 충분히 예쁘지 않아서인지도 모 른다. 아니면 내가 너무 어려서일 수도 있다. 그는 자기 가 쉰세 살이라고 말하고, 나는 그렇게 안 보인다고 정

중하게 말한다. 사실 뚱뚱하다는 점만 빼놓고 보면 그
는 그 나이로는 보이지 않는다. 그의 피부는 분홍빛 도
는 흰색이고, 주름이라곤 하나도 없다. 나는 그보다는
우리 아버지가 훨씬 나이 들어 보인다고 생각한다. 어
쨌든, 나는 사람들의 나이는 전혀 상관하지 않는다. 비
고 F.의 아버지는 은행장이고, 그의 형도 마찬가지다.
비고 F. 자신은 화재 보험 회사에서 일한다. 그는 그 일
을 좋아하지 않지만, 사람은 어쨌든 생활비는 벌어야
하는 법이다. 그는 또 책도 여러 권 썼는데, 부끄럽게도
나는 읽어 본 적 없는 책들이다. 도서관에서 그의 이름
을 우연히 발견한 적조차 없다. 내 무식함에 짜증이 난
다. 나는 새 친구에게 원래 고등학교에 갈 생각이 있었
지만 허락을 받지 못했다고 이야기한다. 우리 집엔 그
럴 만한 여유가 없었다. 그가 한쪽 팔을 다정하게 내 허
리에 두르자 한 줄기 뜨거운 기운이 내 안을 빠르게 흘
러간다. 이게 사랑일까? 이 사람을 오랫동안 찾아 헤매
느라 너무 지친 나머지, 이제 목표에 도달하고 나니 마
음이 확 풀리면서 울음을 터뜨리고 싶은 기분이다. 너
무 피곤한 나는 부드럽고 조심스러운 그 손길을 되돌
려 주지는 못하고, 그저 수동적으로 앉아 그가 내 머리
칼을 쓰다듬고 두 뺨을 어루만지게 놔둘 뿐이다. "어린
아이 같네요." 그가 다정하게 속삭인다. "사실은 어른들

의 세계에 적응하지 못하는 아이." "제가 옛날에 알았던 어떤 사람은," 내가 말한다. "사람들은 모두 서로를 어딘가에 이용하고 싶어 한다고 했어요. 전 당신을 제 시들을 출판하는 데 이용하고 싶어요." "그래요." 그는 계속 나를 어루만지며 말한다. "하지만 난 당신이 생각하는 것만큼 그렇게 영향력 있는 사람은 아니에요. 만약 출판사에서 당신의 시를 원하지 않으면 내가 할 수 있는 게 없어요. 그렇지만 한번 지켜보죠. 어쨌든 나는 조언하고 지지하는 일은 할 수 있으니까요." 욕실에 간 나는 이 집에 샤워기가 있다는 걸 알게 되고, 그 사실에 압도된다. 내가 샤워를 해도 되느냐고 묻자 그는 웃으며 그러라고 한다. 나는 가끔씩 뤼르스코우가데에 있는 공중목욕탕에 가지만, 아무래도 돈이 들기 때문에 아주 자주 가지는 못한다. 이제 나는 기뻐하며 샤워기 밑에 선다. 몸을 이리저리 비틀고 돌아서면서, 만약 우리가 정말로 결혼한다면 매일 샤워를 할 수 있겠다는 생각을 한다. 내가 욕실에서 나오자 비고 F.가 말한다. "다리가 정말 근사하네요. 내가 제대로 볼 수 있게 원피스 약간만 들어 올려 봐요." "안 돼요." 나는 얼굴을 붉히며 대답한다. 스타킹 한쪽의 올이 나갔기 때문이다. "안 근사해요. 그냥 무릎 아래만 괜찮은 거예요." 시간은 자정이 다 되어 간다. 나는 집으로, 내 비참한 방으로 돌아가야 한다. 비고 F.가 집까지 가는 택시비를 내 주겠다고 제안하지만, 나는 가까운 거리니까 당연히 걸어갈 수 있다고 한다. 그러고는 덧붙인다. "아무튼 택시 아저씨한테 팁으로 얼마를 줘야 할지도 모르겠어서요." "'택시 아저씨' 말고 '기사님'이라고 부르는 거 잊지 말아요. 너무 격식 없이 들리거든요." 그 말에 나는 상처를 받는다. 그러고는 화를 낸다. 내가 받아 온 모든 가정 교육에게, 내 무식함에게, 내가 쓰는 말들에게 전혀 세련되지도 못하고 교양도 없는 나 자신에게. 그리고 내가 거의 이해하지 못하는 그 모든 단어들에게. 작별 인사를 할 때 그는 내 입술에 키스하고, 나는 포근한 여름밤 속을 걸으며 그가 한 모든 말들과 몸짓들을 떠올린다. 나는 더 이상 혼자가 아니다.

21

수많은 유명인들과 함께 있었다. 그들을 보았고, 이야기도 했고, 옆에 앉기도 했고, 함께 춤도 추었다. 문을 들어서자마자 평소와는 완전히 다른 차원에서 움직이는 기분이었다. 나는 눈부신 빛 속을 걸었고, 유명인들이 발하는 빛을 거울처럼 되던졌다. 내가 그들의 이미지를 비춰 보여 주자 그들은 자기들 눈에 보이는 그 이미지를 마음에 들어 했다. 우쭐해진 그들은 내게 미소를 지으며 칭찬을 퍼부었다. 심지어는 원래 니나 것이라서 내게는 너무 큰 원피스까지 칭찬했다. 그래도 그 원피스는 낡고 닳아빠진, 새로 사 신어야 하는 내 구두를 잘 가려 주었다. 유명인들은 녹색 옷을 입은 비고 F. 주위에 끊임없이 무리지어 모여들었고, 그 덕분에 비고 F.는 바람 부는 연못에 떠 있는 개구리밥처럼 나타났다 사라졌다 했다. 나는 유명인들 사이에서 나를 안전하게 보호해 줄 수 있는, 하지만 눈앞에서 이리저리 밀려 사라지는 그 녹색 옷을 거듭 찾아 헤맸다. 비고 F.는 마치 내가 그의 발명품이라도 되는 것처럼 자랑스럽게 사람들에게 소개했다. "저희 잡지의 가장 젊은 작가예요." 그는 미소를 짓고 콧수염을 비틀면서 언론사 사진기자들에게 말했다. 나는 그를 비롯한 유명인 몇 명과 함께 사진을 찍었고, 그 사진은 다음날 「아프텐블라데트」지에 실렸다. 사진이 썩 잘 나오지는 않았지만, 비고 F.는 기자들을 호의적으로 대하는 게 중요하다고 했다. 나는 그들을 호의적으로 대했다.

저녁 내내 나를 만나고 싶어 하는 유명인 모두에게 미소를 짓느라 결국에는 뺨이 얼얼해졌다. 춤도 발이 아플 정도로 많이 췄지만, 마침내 그곳을 떠날 때는 그 모든 게 현실이 아니었던 듯했다. 한갓 꿈이었던 것처럼. '최고의 밀'과 '최고의 러스크'로 누가 뽑혔는지는 기억나지 않는다. 하지만 나와 같이 춤을 췄던 한 청년은 결국 모두가 한 번씩은 거기 뽑힌다고 말했다. 나 역시 언젠가는 '최고의 밀'로 뽑힐 텐데, 그건 훌륭한 시를 써서가 아니라 그저 잡지에 원고를 많이 실으면 알아서 되는 거라고도 했다. 그 젊은 남자는 언제 한번 저녁에 영화를 보러 가지 않겠느냐고 묻기도 했지만, 나는 냉정히 거절했다. 내게는 그런 것과는 완전히 다른, 미래를 위해 직접 세워 놓은 계획들이 있었다. 나는 노동조합을 통해 임시직 일자리를 구했고, 이제 하루에 10크로네를 번다. 내 손에 이렇게 많은 돈이 들어온 적은 한 번도 없었다. 치과 치료비도 다 냈고, 유행이 지난 갈색 정장을 대신하려고 기장이 긴 재킷을 포함한 연회색 정장도 한 벌 샀다. 나는 이제 니나와 많은 시간을 보내진 않는다. 나와 결혼하고 싶어 할지도 모르는 청년을 만나러 다니는 일에는 완전히 흥미를 잃었기 때문이다. 내 시들을 살펴본 비고 F.가 그중 몇 편을 골라 주었고, 나는 그 시들을 퀼렌달 출판사에 보냈고, 이제 회신을 기다리며 여기저기 돌아다니고 있다. "만약 거기서 그 시들을 좋아하지 않으면 그냥 또 다른 출판사에 보내면 돼요. 출판사는 많으니까." 비고 F.는 나를 위로한다. 하지만 나는 그들이 그 시들을 좋아할 거라 확신한다. 그 시들은 비고 F.가 훌륭하다고 말한 시들이기 때문이다. 비고 F.는 그 출판사의 편집장을 안다. 그는 여자이고, 이름이 잉에보르 안데르센이고, 남자처럼 옷을 입는다. "하지만 그 사람이 결정하는 건 아니에요." 비고 F.가 말한다. "결정하는 건 편집위원들이죠." 편집위원은 폴 라 쿠르[18]와 오세 한센[19]이라는데 나는 그 두 사람 다 알지 못한다. 사실 나는 유명하다는 사람들을 전혀 모른다. 신문을 거의 읽지 않고, 오직 죽은 지 오래된 작가들만 읽어 온 까닭이다. 내가 이토록 둔하고 무식한 줄은 미처 몰랐었다. 비고 F.는 내가 알아야 할 것들을 약간 챙겨 주겠다면서 토머스 칼라일의 『프랑스 혁명』을 빌려준다. 그 책은 매우 흥미롭지만 일단 현대를 다룬 책들부터 읽는 게 나을 것 같다. 내가 비고 F.를 찾아간 어느 날 저녁, 현관 초인종이 울리더니 바깥 복도에서 낮은 톤의 여자 목소리가 들려온다. 그러더니 활기 넘치고, 통통하고, 까무잡잡한 피부에 덩치가 작은 여자가 비고 F.와 함께 들어온다. 여자는 내 손을 잡고 마치 뜯어낼 듯 흔든 뒤 입을 연다. "훌다 뤼트켄이에요. 흠…… 그러니까 이렇게 생긴 분이구나. 당신이 너무 유명해져서 거의 참을 수가 없을 정도예요." 그러더니 훌다는 자리에 앉아 비고 F.에게 계

---

18 1902~1956. 덴마크의 시인. 예술파의 대표적 시인으로 릴케와 비슷한 작풍으로 유명하다.

19 1893~1981. 덴마크의 교육자, 번역가, 작가. 『어제의 꿈』, 『잔해』 등의 소설을 남겼다.

속 이야기를 건네고, 마침내 비고 F.는 훌다와 할 이야기가 있으니 그만 가 달라고 내게 말한다. 나중에 그는 내게 훌다가 다른 여성 시인들을 참을 수 없어 한다고 설명한다. 그 점에 대해서는 이미 전에 넌지시 말해 준 적이 있다. 퀼텐달 출판사에서 소식이 오기를 기다리는 동안 나는 가끔씩 집에 찾아가 부모님을 만난다. 아버지는 물론 시집이 출판되는 건 즐거운 일이겠지만 시인으로 살아서는 생활비를 벌 수 없다고 말한다. "쟤는 벌지 않아도 될 거야." 어머니의 말투에는 아버지와 싸우고 싶은 마음이 가득 담겨 있다. "그 비고 F. 묄레르인가, 그 사람이 쟤를 먹여 살리면 되잖아." 내가 부모님에게 샤워기 얘기를 하자 어머니 역시 상상 속에서 비고 F.의 샤워기 밑으로 가 선다. 내가 녹색 유리잔에 담긴 와인 얘기를 하자 어머니도 상상 속에서 그 잔을 마신다. 부모님은 「아프텐블라데트」에 나온 내 사진을 오려다가 선원의 아내를 그린 그림이 담긴 액자 속에 넣어 두었다. "좋구나. 앞니 치료를 받으니까 확 티가 나고 말이야." 어머니는 자랑스럽게 말한다. "의사가 그러는데 내가 고혈압이래. 동맥경화증도 있고 간도 나쁘다는구나." 지난번 의사가 영 별로였던 어머니는 새로운 의사에게 진료를 받고 있다. 예전 의사는 어디가 안 좋다고 말하든 자기도 똑같은 병을 앓아 봤다고 대답하는 사람이었다. 새 의사는 어머니가 무슨 병을 의심하든 거기에 공감해 주고, 덕분에 어머니는 그에게 온통 빠져 있다. 로살리아 이모가 돌아가시고 에드빈과 내가 둘 다 이사를 나간 뒤로, 어머니는 자기 건강 문제에 엄청나게 몰두하기 시작했다. 이전에는 눈곱만큼도 신경 쓰지 않던 부분이었다. 의사는 어머니가 갱년기를 겪고 있으니 주위 사람들이 많이 이해해 주어야 한다고 말했다 한다. 어머니는 그 이야기를 아버지에게 전했고, 그때부터 아버지는 소파에 누울 엄두를 내지 못한다. 그건 어머니가 평생 잔소리를 해 왔던 일이었기 때문이다. 이제 아버지는 일어나 앉아 책을 읽고, 가끔씩은 손에 책을 든 채로 곯아떨어진다. 어머니의 장기에 나타나는 걱정스러운 증상들에 관한 이야기를 듣는 데 지친 나는 부모님 댁에 그다지 오래 머무르지 않는다. 하지만 나는 어머니에게 연민을 느낀다. 어머니는 이 세상에서 많은 것을 가져 본 적이 한 번도 없는 사람이고, 또 그나마 가질 수 있었던 얼마 안 되는 것들마저 모두 잃어버린 사람이니까. 어느 날 내가 일을 마치고 집에 돌아오자 크고 노란 봉투 하나가 내 방 테이블 위에 놓여 있다. 거기 들어 있는 게 뭔지 아는 나는 실망으로 다리에 힘이 풀린다. 봉투를 뜯는다. 그들이 돌려보낸 건 내 노트다. 자기들은 1년에 시집을 딱 다섯 권만 출간하는데 그 다섯 권은 이미 선정한 뒤라는 이야기와 함께 유감이 담긴 문장 몇 개가 동봉돼 있다. 나는 그 편지를 가지고 비고 F.에게 건너간다. "아, 그래요." 그가 말한다. "그럴 줄 알았어요. 레잇셀 출판사에 보내 봅시다. 이런 일로 상처 받지 말아요. 자신을 믿어요. 안 그러면 믿을 사람은 어디에도 없으니까." 우리는 시들을 레잇셀 출판사에 보내고, 그것들은 한 달 뒤에 되돌아온다. 나는 일이 점점 재미있어지고 있다고 생각한다. 그 시들이 훌륭하다는 걸 알기 때문이다. 비고 F.는 거의 모든 유명한 작가가 시련을 겪어 왔다고 했다. 그렇다, 만약 모든 게 너무 순조롭게 진행되면 뭔가 문제가 있는 것이다. 그러나 결국 그 시들은 거의 모든 출판사를 한 번씩 거쳐 내게 돌아오고, 용기를 계속 유지하기는 점점 어려워진다. 그러자 비고 F.는 이 상황이 그저 돈 문제일 뿐이라고 말한다. 출판사들은 시를 가지고는 거의 아무런 수익도 낼 수 없기에, 당연히 시를 출판하려 들지 않는 것이다. 하지만 『밀알』에는 나 같은 경우를 위해 모아 둔 자금 500크로네가 있다. 비고 F.는 그 돈을 출판사에 지급하고 내 시를 출판하게 만들 생각이다. 그는 자신의 친구인 라스무스 나베르에게 그 이야기를 해 보겠다고 한다. 나베르 씨는 그 시들을 자기 회사에서 출판하는 데 동의하고, 나는 행복해진다.

그는 그 일을 의논하러 비고 F.에게로 건너온다. 머리가 희끗희끗하고 친절한 신사인 나베르 씨의 말투에는 핀 섬의 억양이 묻어 있다. 내가 은연중에 드러낼 수도 있는 어떤 사소한 인상 때문에 그가 출판할 생각을 접지 않게끔, 나는 줄곧 그를 쳐다보며 상냥하게 미소 짓는다. 그는 어쩌면 아르네 웅에르만[20]이 비용을 받지 않고 표지를 그려 줄지도 모르겠다고, 또 시집 제목 『소녀의 마음Pigesind』이 마음에 든다고 한다. 나도 그 제목이 마음에 든다. 마침내 일은 잘 풀려 가고, 이제 나는 비고 F.에게 어떻게 감사를 표해야 할지 모르겠다. 나는 그에게 키스를 하고 그의 곱슬머리를 헝클어뜨리지만, 요즘 그의 정신은 온통 딴 데 가 있다. 마치 나를 위해 무언가를 해 주고 싶지만 지금 당장은 더 중요한 무언가가 마음속에 들어 있는 것처럼. 어느 날 저녁, 그는 독일에 있는 강제 수용소 이야기를 하면서 유럽 전체가 곧 하나의 강제 수용소나 다름없어질 거라고 한다. 그는 또 자기가 나치즘에 관해 쓴 기사가 실린 잡지를 보여 주면서 혹시라도 독일이 덴마크에 쳐들어온다면 자기는 위험해질 거라는 말도 한다. 나는 10월에

---

20   1902~1981. 덴마크의 일러스트레이터

출간될 내 시집을 떠올리고는 묘한 기분에 사로잡힌다. 만약 세계 대전이 터지면 시집은 영원히 나오지 못할 것이다. "만약 그자들이 폴란드로 쳐들어간다면," 비고 F.가 말한다. "영국이 참지 않을 거예요." 나는 그들이 너무 많이 참아 왔다고 말한 뒤에 수르 부인의 집에서 보낸 시간들에 관해 이야기해 준다. 토요일에 벽 너머로 히틀러의 연설이 들려오고 나면, 다음날인 일요일에는 항상 그자가 어느 죄 없는 나라를 침공했다고. 비고 F.는 내가 왜 그런 일을 겪기 전에 이사를 나오지 않았는지 이해가 안 간다고 하고, 나는 그가 가난이라는 게 어떤 건지 모른다고 생각한다. 하지만 나는 아무 말도 하지 않는다. 어느 날 저녁에는 아르네 옹에르만이 건너와서는 내게 표지 그림을 보여 준다. 벌거벗은 채 고개를 숙인 어린 소녀를 그린 그림이다. 엄청나게 아름답다. 소녀의 몸은 정숙하고, 거기에는 어떤 관능적인 면도 없다. 그와 비고 F.는 몹시 심각하게 세계정세에 관한 이야기를 나눈다. 나는 이제 거의 언제나 비고 F. 묄레르의 집에 있고, 어머니는 내가 그 집에 들어가 그와 함께 사는 게 낫겠다고 생각한다. "그 사람이랑 언제 결혼할 생각이니?" 어머니는 조바심을 내며 묻는다.

22

에드빈이 아내를 떠났다. 이제 그는 집에 와서 면으로
된 커튼 뒤에 있는 내 옛날 방에서 지낸다. 다시 방을
구하는 대로 나갈 예정이기는 하지만, 그래도 어머니
는 행복해한다. 어머니는 에드빈이 왜 그레테를 떠났는
지 알 것 같다고 한다. 그레테의 머릿속에는 옷이랑 허
튼소리밖에 들어 있지 않은데, 그런 건 어떤 남자도 못
참는 법이라고 말이다. 하지만 오빠는 누구도 그레테를
깎아내리게 놔두지 않는다. 그는 자기 잘못이었다고 한
다. 그는 그레테를 사랑하지 않았고, 그건 그레테의 잘
못이 아니었다고 말이다. 그건 그가 그레테에게 그 아

파트를 가지라고 한 이유이기도 하다. 그레테는 가구들도 계속 갖기로 했고, 에드빈은 그 가구들의 나머지 할부금을 계속 지불할 것이다. 이제 오빠가 와 있어서 나는 집에 오는 일이 즐거워진다. 우리는 내 시집에 대해 이야기하고, 에드빈은 왜 글을 써서 주는데도 원고료를 받지 못하는지 이해하지 못한다. "그건 작품이잖아. 돈을 안 주는 건 비열한 거야." 우리는 또 에드빈의 기침과 어머니에게 새로 생긴 갖가지 병에 대해서도 이야기한다. 내가 셸후세트 건물에 있는 변호사 사무실에 새로 얻은 일자리도 이야깃거리 중의 하나다. 거기서 나는 사람들 사이에 일어나는 수많은 분쟁들을 지켜보게 될 것이다. 우리는 비고 F. 묄레르와 그가 내게 열어 준 세계에 대해서도 많은 이야기를 나눈다. 나는 우리 가족에게 그의 아파트에 관한 모든 것을 털어놓는다. 가구는 어떻게 배치되어 있는지, 방은 몇 개나 있는지, 그리고 책장에는 어떤 책들이 꽂혀 있는지. 내가 비고 F. 자신도 책을 쓴다고 하자, 아버지는 자기도 한 권 읽어본 적 있는 것 같은데 그냥 그랬다고 한다. 아버지는 이런 말도 한다. "그 사람, 너한테는 너무 나이가 많지 않니?" 그러자 어머니는 이의를 제기하면서 중요한 건 나이가 아니라고, 아버지는 자기보다 열 살이나 많지만 그 점 때문에 괴로웠던 적은 없었다고 말한다. 가장 중요한 건 그가 나를 먹여 살릴 수 있다는 점, 그래서 내가 일을 그만둘 수 있다는 점이라고. 가족들은 모두 그가 이미 내게 프로포즈라도 한 것처럼 떠들고, 그가 나와 결혼할 생각이 있는지 잘 모르겠다는 내 말은 하나도 중요하지 않다는 듯 무시해 버린다. "당연히 있겠지." 어머니가 말한다. "그게 아니면 왜 너한테 그렇게 많은 걸 해주겠니?" 나는 그 점에 대해 생각해 본 뒤에 어머니와 똑같은 결론에 도달한다. 나는 시를 쓴다는 점에서는 조금 색다른 사람이지만, 동시에 평범한 면도 많다. 다른 모든 젊은 여자들처럼 나도 결혼을 해서 아이를 갖고 나 자신의 가정을 꾸리고 싶다. 스스로 생계를 해결하는 젊은 여자로 살아가는 일에는 어딘가 고통스럽고 취약한 면이 있다. 그 길의 앞에는 어떤 빛도 보이지 않는다. 게다가 나는 항상 내 시간을 팔아넘겨야 하는 의무에서 벗어나서 오직 나만의 시간을 가질 수 있기를 너무도 간절히 바라고 있다. 어머니는 비고 F.가 화재 보험 회사에서 얼마나 버느냐고 묻더니 내가 그걸 모르는 게 이상하다고 한다. "그 사람은 그냥 사무직 노동자야." 아버지가 잔뜩 못마땅한 말투로 내뱉은 그 말은 어머니와 에드빈에게서 분노에 찬 대꾸를 이끌어 낸다. "제가 사무직 노동자였으면 이 빌어먹을 기침을 할 일도 없었을 거예요." "아무튼 그 사람은 언제든 실업자가 될 위험은 없잖아." 어머니가 에드빈의 주장에 지지를 표한다. "그러니 제대로 된 사람들이 출근해 일하는 동안 책이나 손에 들고 빈둥거릴 일도 없을 거 아냐. 내 목 좀 만져 봐라." 어머니는 갑자기 나를 향해 말한다. "바로 여긴데, 무슨 혹 같은 게 생긴 것 같아. 의사한테 보여 줘야겠어. 결혼식 음식은 요리사를 고용해서 만들어야겠다. 그 사람은 당연히 최고의 음식에 익숙해져 있을 테니까. 수프, 구운 고기, 디저트. 옛날에 일했던 곳들에서 어떤 음식들이 나왔었는지 나는 아주 잘 기억하고 있거든. 그 사람, 언제 집에 초대할 수는 없니?" 나도 내가 왜 그를 초대하지 않는지 잘 모르겠다. 우리 가족은 우리 가족이다. 나는 그들을 알고, 그들에게 익숙해져 있다. 그렇지만 그들을 사회적으로 계층이 더 높은 사람에게 보여 주고 싶지는 않다. 비고 F. 역시 내게 우리 부모님을 만나도 되느냐고 물어본 적이 있었다. 그는 나처럼 별난 피조물을 만들어 낸 사람들을 만나 보고 싶다고 한다. 하지만 내 생각에 그건 결혼할 때까지 미뤄도 되는 일이다. 아버지와 에드빈은 금방이라도 일어날 것 같은 세계 대전에 관해 대화를 나누기 시작한다. 그러자 어머니는 지루해지고, 나는 쾌활함을 잃어버린다. 갑자기 전쟁은 현실이 된다. 결국 영국이 독일에 전쟁을 선포했고, 그날 나는 수

천 명의 말 없는 타인들과 함께 서서 「폴리티켄」지 건물 전광판에 떠오르는 주요 뉴스 제목들을 따라 읽는다. 나는 오빠와 아버지 곁에 서 있다. 지금, 이 운명적인 순간에 비고 F.가 어디 있는지는 알 수 없다. 우리가 집으로 돌아가는 동안, 마치 지나치게 배가 고플 때처럼 고통스럽고 기운이 빠지는 느낌이 내 뱃속에 찾아든다. 이런 시점에 내 시집이 나올 수 있을까? 일상이라는 게 계속되기나 할까? 온 세계가 불타고 있는데 비고 F.가 나와 결혼해 줄까? 히틀러의 사악한 그림자가 덴마크에 드리울까? 나는 가족들과 함께 집으로 가는 대신 시가 전차를 타고 친구의 집으로 간다. 그의 집에는 많은 유명인들이 와 있고, 그는 나를 알아보지 못하는 듯하다. 그들은 녹색 유리잔에 담긴 와인을 마시며 지금의 정세에 대해 매우 심각한 논의를 나누고 있다. 웅에르만은 자기 그림이 어땠느냐고 내게 묻고, 나는 감사하다고 대답한다. 그러니까 책은, 아마도 결국에는, 나올 모양이다. 나는 비고 F.와는 이야기다운 이야기를 나누지 못한 채 내 집으로 돌아온다. 그리고 그날 밤에는 세계 대전과 『소녀의 마음』이 함께 등장하는 꿈을 꾼다. 그 꿈은 불안하다. 마치 그 둘 사이에 정말로 무슨 치명적인 연결 고리라도 있는 것처럼. 하지만 날이 밝자마자 많은 것들이 다시 분명해진다. 마치 아무 일도 없었던 것처럼, 일상은 계속될 것이다. 사무실에는 이혼 소송과 토지 경계선 분쟁을 비롯해 사람들 사이에 일어나는 격렬한 다툼들이 수없이 쌓인다. 흥분한 얼굴을 한 사람들이 접수대 앞에 서서 변호사를 찾지만 변호사는 좀처럼 자리에 없고, 나는 말도 안 되게 특별하고 중요하다는 그들 각자의 사정을 들어 주어야 한다. 어제 세계 대전이 발발했다는 사실을 기억하는 사람은 아무도 없는 것 같다. 집주인 여자는 내게 돼지고기 값이 킬로그램당 50외레씩 올랐다고 푸념하고, 니나는 나를 찾아와서는 자기가 어떤 멋진 청년을 만났다고, 그래서 덤불을 버릴지 다시 고민 중이라고 털어놓는다. 달라진 건 아무것도 없다. 비고 F.의 집으로 건너가자, 다시 좋은 기분으로 돌아온 그는 평온함과 아늑함으로 이루어진 크고 따스한 파동을 발산하고 있다. "3주 뒤에 당신 책이 나올 거예요." 그가 말한다. "조만간 교정지를 보게 될 텐데, 그것 때문에 실망하면 안 돼요. 교정지를 보는 동안에는 작품이 충분히 괜찮다는 생각이 손톱만큼도 안 드는 법이죠. 누구한테나 해당되는 얘기예요." 비고 F.는 평범한 사람들에게는 손톱만큼도 관심이 없다. 그는 오직 예술가들만 좋아하고, 예술가들하고만 시간을 보낸다. 나는 내게 존재하는 제법 평범한 점들은 뭐든 그에게 숨기려고 애쓴다. 나는 새로 산 원피스가 마음에 든다는 사실을 그에게 숨긴다. 나는 내가 립스틱과 볼연지를 쓰고, 거울 속의 나를 바라볼 때면 내 옆모습이 어떤지 보려고 거의 삐끗하기 직전까지 목을 이리저리 돌려보는 걸 좋아한다는 사실을 숨긴다. 나는 나와 결혼할 수도 있는 그의 마음을 흔들 수도 있는 모든 것을 숨긴다. 교정지에 관한 그의 조언은 옳다. 교정지가 도착한 뒤로 내 시들은 이제 하나도 좋아 보이지 않고, 더 나아질 수 있을 것 같은 단어와 표현만이 수두룩하게 눈에 들어온다. 그래도 나는 아주 많이 고쳐 쓰지는 않는다. 그랬다간 인쇄비가 너무 많이 나올 거라고 비고 F.가 말해 주었기 때문이다. 책이 나오기 전 며칠 동안, 나는 사무실에 있을 때를 빼면 내 자취방에만 계속 머무른다. 내 책이 배달될 때 그 자리에 있고 싶어서다. 어느 날 저녁 집에 돌아오자 테이블 위에 커다란 꾸러미 하나가 놓여 있고, 나는 떨리는 손으로 그것을 뜯어 연다. 내 책이다! 나는 그것을 두 손으로 집어 들고 신성한 행복에 빠져든다. 한 번도 느껴 본 적 없는 종류의 행복. 토베 디틀레우센. 『소녀의 마음』. 이건 이제 무효가 될 수 없다. 돌이킬 수 없다. 내 운명이 어떤 형태를 취하건, 이 책은 그것과는 상관없이 언제나 존재할 것이다. 나는 책 한 권을 펼쳐 몇 줄을 읽어 본다. 인쇄된 형태로 보는 시들은 묘하게 멀고 낯설어 보인다. 나는 다른 한 권도 펼쳐 본다. 이 모든 책에 똑같은 내용이 담겨 있다는 사실이 아무래도 믿어지지 않는다. 하지만 새로 펼친 책에도 똑같은 내용이 담겨 있다. 아마 내 책은 도서관에 비치될 것이다. 어쩌면, 언젠가, 아무도 모르게 시를 좋아하는 어떤 여자아이가 그곳에서 그 책을 발견하고, 시들을 읽고, 거기서 무언가를, 그러니까 그 아이 주위에 있는 사람들은 이해하지 못하는 무언가를 느끼게 될지도 모른다. 그 이상한 아이는 나를 전혀 모를 것이다. 그래서 내가 다른 사람들처럼 일하고, 먹고, 잠을 자면서 살아가는 젊은 여자라고 생각하지 않을 것이다. 왜냐하면 나도 그랬으니까. 책을 읽던 어린 시절의 나는 책을 쓴 사람들의 이름조차 좀처럼 기억하지 못했다. 내 책은 도서관에 들어가고, 어쩌면 서점의 진열창 안에 자리 잡을지도 모른다. 500부가 인쇄되었고, 내게는 열 권이 주어졌으니까 490명의 사람들이 이 책을 사서 읽을 것이다. 어쩌면 그들의 가족들도 읽을 것이고, 또 어쩌면 크로그 씨가 자기 책들을 빌려주었듯 그들도 다른 누군가에게 이 책을 빌려줄 것이다. 나는 내일까지 기다렸다가 비고 F.에게 책을 보여 줄 생각이다. 오늘 밤은 이 책과 단둘이만 있고 싶다. 이 일이 내게 얼마나 큰 기적인지 정말로 이해하는 사람은 아무도 없을 테니까.

토베 디틀레우센
1917~1976

10대 후반에 가정부, 사무 비서 등 여러 직업을 전전하던 디틀레우센은 작가이자 비평가인 비고 F. 묄레르와 만나면서 그간 염원하던 문학계로 진출했다. 1939년 첫 번째 시집인 『소녀의 마음』을 출간한 뒤로 시집과 소설을 꾸준히 내놓았으며, 1950년대에는 동화를, 1960년대부터는 에세이를 여러 권 발표했다. 디틀레우센의 작품들은 생전에 덴마크 내에서는 많은 사랑을 받았으나, 그를 해외에 알린 작품은 사후인 1985년에 미국에서 출간된 두 권의 회고록 『어린 시절』(1967)과 『청춘』(1967)이었다(그 뒤의 이야기를 담은 『의존』(1971)은 2019년에야 영어로 번역되었다). 특히 미국의 여성주의 작가이자 활동가로 명망이 높았던 틸리 올슨은 이 회고록을 접한 뒤 디틀레우센을 해당 세대에서 가장 중요한 작가 중 한 명으로 꼽았다.

『의존』에서 계속